小学館文庫

# 無罪

大岡昇平



小学館

無罪——目次

# 無罪

# 無罪

殺人には原則として証人はいないから、罪を犯したか犯さないかも、厳密に言えば、当人より知らないはずである。検事も判事も神ではない。しかし新聞や雑誌の記事に基づいて、無罪を論ずるのはさらに無益だ、という指摘は正しい。

専制国家の臣民が死刑見物を好んだように、民主主義社会の人民は、無罪釈放を喜ぶ。人権が尊重された指標を感じるからである。「雑音」はしばしば感情に流れる傾向があるが、裁判官が常に「雑音」に反して判決するのも危険である。「雑音」が世論のすべてではないからである。いまだに松川事件の真犯人は、被告の中にいる、と頑固に信じている人がいる。

イギリスは疑わしきは罰せずの原則が、最もよく守られ、従って裁判の威厳の保たれている国だが、無罪を宣せられて法廷を出た人間が、汚れなき人間として、社会に迎え入れられるかというと、そうでもない。

やっぱり彼奴《あいつ》がやったんじゃあるまいか、としつこく疑う人間は、どこの国にもいるものである。一八五七年に愛人を毒殺した疑いで、エジンバラの法廷で裁かれたマドレーヌ・スミスは、無罪となった後、やはり外国へ移住している。一九三五年愛人と共謀して夫を殺した疑いを受けたラトンバーリ夫人は、釈放三日後に自殺している。無罪になったとはいえ、自分の存在が子供の将来を毒すると判断して、胸に短刀を刺したのである。

法廷に引き出されるだけで、人民は重大な被害を受けるのだから、主権者たる人民の委託を受け、国家の名において人民を訴追する、検察官の責任は重大であると言わねばならない。

論告に不利な証拠を隠したり、意地を通すために、前科者や囚人を脅迫して偽証させるような前時代的検察官を懲戒する規定をもうけるのは、年一回の「法の日」を定め、雑音防止法の提出を研究するより緊急である。

アデライデ・バートレットは、一八八六年に夫を毒殺した疑いで裁判を受け、無罪となったイギリスの婦人である。しかし以下の物語を読んで、なお彼女が有罪だったかも知れぬという疑いが読者の心にきざすなら、一旦法廷に立った人間を完全に許すことが、いかにむずかしいかの、それが証拠である。

アデライデが商人エドウィン・バートレットの妻となる前の姓は、デ・ラ・トレムールである。フランス臭い姓だが、両親は生粋のイギリス人であった。彼女が生れると同時に、両親は離婚したから、教育に必要な金にこと欠かなかったとはいえ、淋しい幼年時代を送った。親類の家を転々とした揚句、ベルギーの寄宿女学校に入れられた。学校の成績は悪くなかったので、女教師の経歴が彼女にふさわしいだろう、と保護者が判断したためである。

アデライデはそこでおない年の十七歳の娘と仲好しになり、休暇を彼女のロンドン近郊の家で過すようにさそわれた。家がないため、学友がそれぞれ帰国するのに、学校に残っていなければならないのを悲しんでいたアデライデは驚喜した。彼女は友達の両親達の気に入り、心をこめたもてなしを受けた。

ロンドンに数多くの支店を持つ食料店主エドウィン・バートレット氏は、その家の古い友人であった。年も四十に近く商売熱心で、無論、大変に金持であった。或る夜、その家に晩餐に招ばれた彼は、ベルギーから来た美少女に魅せられたようであった。早速二人の女学生を劇場に連れて行く約束をした。それだけではない。その夜辞去する前に、もっと重要な申出をした。つまりアデライデに結婚してくれと言ったのである。

二時間前に会ったばかりで、すぐこんな申込をする奇妙さを、彼は次のように説明した。若いアデライデに普通の意味で妻になってほしいのではない。保護したいだけである。養女にしてもいいのだが、結婚した方が、よりよく世話出来ると思うから、こんな申込をするのだ、と付け加えた。

「あたし一週間したら、学校へ帰らなければならないんですけれど」とアデライデは言った。バートレット氏が冗談を言っているのではないかと疑ったわけだが、彼の返事はさらにふるっていた。

「結構ですとも。しかしお金を受け取っていただかなくてはなりません。わたしの未来の妻にふさわしい生活をしてもらわないと困ります。とにかくあなたの世話をさしてほしい、これがさし当っての、わたしの要求です」

バートレット氏は年こそいっていたが、立派な風采の独身者であり、金持であった。小遣に困らない身分になれるという考えが、若い女学生を圧倒した。アデライデが金に飢えていたということは出来ないが、離婚した両親の娘として、同級生の多くより、ずっと貧乏であった。金がないために忍ばなければならない不愉快な思いは、始終のことであった。お小遣さえ自由になるなら、対等の交際も出来るし、これまで下手に出なければならなかった意地悪な学友に対して、頭をもたげることが出来るのである。

一時間の後、彼女は承諾の返事を与え、続く五日間、バートレットは結婚の準備に忙しかった。そしてその次彼等が会ったのは、祭壇の前であった。アデライデは若すぎたから、結婚するためには、保護者の許可が必要だった。そんな手続はみんなバートレットが、うまくさばいた。こうしてアデライデ・デ・ラ・トレムールはエドウィン・バートレットの妻となり、教会の出口で別れた。

アデライデはその足でベルギーの学校へ帰った。半年の間に、残りの課程を終えてから、ロンドンへ来て夫と一緒に住んだ。

すべてこれらの順序は異常であるから、見様によっては、身寄のない美少女が、金持の中年男を誘惑したとも考えられる。しかしそれだから、彼女が後に夫を毒殺したと推論するのは誤っている。それは松川事件の被告が共産党員だから、列車転覆ぐらいやるだろうと考え、八海《やかい》事件の被告に窃盗の前科があるから、強盗殺人もしたろうと想像するのと同じくらい、根拠のないことである。金めあてに結婚すること、革命を準備すること、勤務先の倉庫の品物を失敬することと、殺人とは、まったく種類を異にする行動である。

幾年かの年月が流れた。バートレット夫妻は仲むつまじく、口争い一つしたことはなかった。しかし夫は決して妻に愛を求めなかった。アデライデは普通の意味で、エドウィンの妻ではなかった。面倒はまず夫の父の側から出た。

七十歳を越した父親は、前から田舎で独立して暮していたが、投機で財産を失い、息子夫婦に同居を求めて来た。しかしエドウィンは夫婦の家に第三者が入るのを喜ばなかった。父親に月々充分な手当を送ることを承知した。しかし事業は膨脹を続けており、新しく支店を開設するごとにアパートを変えなければならないのを理由に、同居を断わった。

父親はこの返事に激怒した。そして若い嫁が息子をたぶらかして、自分に平和な老後を送らせないのだと思い込んだ。彼はそれまでにアデライデとは、一度しか会ったことがなかった。

再び年月が経ち、バートレット夫妻は十度目の結婚記念日を迎えた。そしてエドウィンはこれ以上金を儲けなくてもいいと思った。彼等はロンドン郊外のマートンに小さな家を建てた。

アデライデはもう二十七歳の美しい成熟した女になっていた。しかし寄宿舎から中年男の名目上の妻の座に移されて、年をとっただけだったので、まだ子供っぽさを残していた。彼女は新しい家の飾りつけに、子供のように熱中し、近所の人をお客に招くのを好んだ。夫妻の新しい知合いは、主に町の旧教派の教会で出来たものであった。信心深い夫と美しい妻は、みなに好かれ、教会後援会の有力なメンバーとなった。

彼等はもちろん教会の牧師とも知合った。ジョージ・ダイスン師は美しい眼をした青年だった。低い声はその説教を印象的なものにしたが、いつまでも独身でいるのが、後援会の夫人連のただ一つ遺憾とするところであった。しかし彼は仕事には熱心で、前途有望の牧師と見なされていた。

バートレット氏も彼を愛し、しばしば家へ招いた。たまたま会話が教育の問題に及んだ時、アデライデは女学校でラテン語と数学を、充分修める暇がなかったのが残念だと言った。ダイスン師はその方なら少し心得があります、と答えた。バートレットは、それでは週三回家に来て、妻の教育上の欠陥を補ってやってくれないかと申し出た。

この提案をダイスン師は断わるべきであった。賢明な牧師として、美しいアデライデと親しくすることから起り得べき危険を、予測すべきだったのである。しかし教会の手当は充分でなく、バートレットの示した報酬の額は大きかった。或いはこの時、彼はもうアデライデを愛していたのかも知れない。彼は承知した。

美しい牧師と美しい名ばかりの妻の間には、予測されたような友情が濃くなって行った。醜い関係は実証されていない。しかし彼等が愛し合っているのは、誰の眼にも明らかだった。そして奇妙なのは、バートレット氏がそれをよろこんでいるらしいことだった。

遂に二人の男の間に劇的な場面が起った。以下はダイスンの陳述に基づいているが、その真実性は疑われていない。

或る日、アデライデの留守中、ダイスン師がバートレット家を訪問したことがあった。バートレット氏のあたたかいもてなしに、若いダイスンはこらえ切れず、真実をぶちまけてしまった。

「わたしはもうお宅にうかがうわけには行きません。あなたはわたしを息子のように可愛がって下さるのに、わたしは裏切者なのです。辛いことですが、我慢しなければなりません」

「どうしたんです」バートレットは落着いてたずねた。「家内がお気に召さないんですか」

「とんでもない」ダイスンは叫んだ。「愛しているんです。――誤解なさらないで下さい。奥さんにこんなことをいったことはありません。われわれはあなたに忠実でした。しかし愛し合っているのは、否定しようもないことです。わたしは気が狂いそうです。奥さんのために、わたしのために、こん後この家に足踏みしないことをお許し願いたい」

「そんな必要は全然ありませんよ」とバートレットは答えた。「打ち明けて下さって、ありがとう。しかしわたしは結婚について、少しは他の人とはちがった考えを持っています。恋愛は結婚とは関係がないことなのです。あなたと妻が潔白なのもわかっています。いままで通り仲のいい友達でいればいいじゃありませんか。実はわたしの健康は見かけほどよくはないのです。不治の病があるのを、自分でも知っています。長くないと存じます。わたしが死ぬまで、待って下さい。それからアデライデと結婚なされぱよい。わたしはあの世から、お目出度うを申しますよ」

バートレットの言葉がいつわりでないのは、すぐ弁護士を呼んだことで知られた。彼はアデライデとの結婚の直後作った遺言状から、遺産が彼女の再婚と共に、他の親族に譲られるという条項をけずった。全財産は無条件でアデライデに遺されることになった。

ダイスンは前より頻繁にバートレット家へ来るようになった。彼はアデライデと夫の眼の前で接吻した。バートレットは始終二人に将来のことを話した。自分が死んだら結婚するがいい、似合いの夫婦になるだろうといった。

バートレットの「不治の病」が真実なら、その結果少し頭へ来たのではないかともいわれているが、この奇妙な三角関係は、或いは夫にとっては、止《や》むを得ない防禦《ぼうぎょ》だったかもしれない。アデライデと十年間形だけの夫婦だったという事実は、彼が性的不能者ではなかったかと疑わせる。不能者にも精神的愛情はあり得るから、彼がアデライデを愛するのあまり、その愛人に友情を感じるということも不可能ではない。

アデライデとしては、彼女が完全にバートレット氏の影響の下にあったのは、容易に想像されることである。十七歳で寄宿女学校からバートレット家へ移された彼女は、世間のことを、すべて夫の眼を通じて見るほかはなかったであろう。ダイスンが夫の選んでくれた愛人だったから、愛したともいえよう。

ダイスン師だけは非難を免れないであろう。日曜毎に説教壇から福音を説きながら、彼はバートレット氏の好意に甘えて、有夫の愛人のまわりをうろついていたのである。遺産のことも知っていた。要するに、彼は、イギリス流の表現によれば、「死人の靴を待っていた」のであった。

事件はこういう不自然な雰囲気から生れた。

バートレットの父親は、息子夫婦が家を建てたと聞いて、再び同居を求めて来た。バートレット氏は家と家具を売り、英仏海峡に臨んだドーヴァーの町のホテルに移った。老人は再びこれをアデライデのせいにしたが、根拠薄弱である。バートレット氏はドーヴァーに新しい支店を開く計画を持っていた。アデライデの顔色のすぐれないのを見て、善良な夫は、ダイスン師に旅費を送り、泊りに来るように誘った。

三カ月後、夫婦はロンドンに帰り、クラヴートン街にアパートを借りた。この間にダイスンは昇進し、パトネイの教会に転勤した。わが驚くべき大人物は、彼にロンドンまでの定期券を買って与えた。

一八八五年十二月の上旬、バートレット氏は熱を出した。一流の医者が呼ばれ、ムシ歯が原因であることがたしかめられたが、医師は同時に患者が睡眠薬の中毒のため、精神の平衡を失っているのを発見した。夜は眠れず、昼はじっと坐っていられなかった。

時々妻を口ぎたなく罵《ののし》るのを、医師は聞いた。しかしアデライデは看護に献身的であり、なにをいわれても、口答えしなかった。医師は彼女の忍耐に感嘆し、後で法廷でそう証言した。

アパートは大きな居間とそれに続く寝室から成り立っていた。病気になってから、バートレット氏はベッドを居間に移した。彼は医師には、夜通し起きているので、妻の眠りを妨げたくないためだと言った。しかしアデライデはこの恩典を受けようとはしなかった。彼女は居間の長椅子をベッドにして、夜通し夫の看護をした。

不思議なことが起った。或る日、医師が訪れると、バートレット氏は一人で居間に寝ていたが、ベッドに上半身を起して言った。

「妻がいない時においで下さって、ありがたい。もう一人医者を呼んでほしいんですが」

病人は少し快方に向っていたので、医師の驚きは大きかった。

「わたしの治療に御不満なんですか」

「とんでもない。そんなことじゃないんです。家の恥を申し上げねばならんが、わたしの親類、——特に父は妻を憎んでいます。もしわたしが死んだら、妻が毒を盛ったのだと言い出すにきまっているんです。そこで二人の医者に、そうではないと証言していただきたいんです」

医師は再び患者の頭は少し狂っていると思ったが、とにかく言われた通り、友人の別の医師を立会いに呼んだ。バートレット氏はますますよくなって行き、二人の医師はアデライデの看護をほめたたえた。ダイスンはほとんど毎日見舞に来た。そして医師達はその友情も患者の回復を助けていると思った。

クリスマスがすぎてから、バートレット氏は、それまでの寛大とは、まったく似合わないことを言い出した。彼はアデライデに、結婚以来初めて夫婦の営みを要求したのである。しかしアデライデは夫の気紛《きまぐ》れに応じる気分はなかった。

「でも、あなたはあたしをジョージ・ダイスンにお譲りになったんじゃありません？」この言葉は彼女の陳述のままである。「だからあたしはダイスンのものですわ。あなたとは友達だし、看護婦ですけど」

バートレットはものすごく怒り出し、アデライデには我慢のならない言葉が発せられた。

十二月二十八日、牧師はいつものように見舞に行った。バートレット氏は上機嫌だった。アデライデが手紙を出してくるから、ダイスンに看護を頼むと言うと、病人は二人で行けと言い張った。

「妻が一人で外出するのはよくない。いっしょに行ってやって下さい」

外へ出るとすぐ、アデライデは夫の態度の急変を伝え、愛しているのはあなただけだから、あなたに忠実でありたいと言った。

「昨夜みたいなことがあっちゃ、たまらないわ。うちの人は、前に眠れない時、クロロホルムを使ったことがあるの。乱暴しそうになったら、嗅がせようかと思うんだけど、クロロホルムを買って下さらない。きっと眠ってくれるわ」

ダイスンは承知し、アデライデから一ポンド金貨を受け取った。

「これで買えるだけ、買って来て頂戴。一人にちょっぴりしか売らないはずだけど、方々薬屋を廻れば、集められるわ」

「わかりました」

次の日ダイスンは、外套のシミを抜くためだと称して、純粋なクロロホルムを買って廻った。毒物の販売規則は現代ほど厳格でなかったし、ダイスンの僧服を信用して、どの薬屋でも安心して売ってくれた。三軒で約五オンスになった。アデライデとテムズ岸壁で会って、薬を渡した。彼女はそれをマッフに入れて持って帰った。

大晦日《おおみそか》の日、バートレット氏は大変健康のように見えた。朝は歯医者へ行った。五本の歯を抜いたという話もあるが、別の日だったという方がほんとうらしい。とにかく彼は上機嫌で帰宅し、昼食もたっぷり食べた。それからダイスンが来て、アデライデとちょっと外出した。

三人で夕食をした後、ダイスンが帰った。家主のドッジェット夫人が呼ばれ、新年の朝食のために買う品物を聞いた。バートレット氏は依然上機嫌で、料理の品目について長々と論じ、たくさん注文した。

「年の初めですからね」とバートレット氏は繰り返した。

ドッジェット夫人が、零時まで起きていて新年を迎えるつもりかと訊くと、アデライデは夫も自分も疲れたから、すぐ寝ると答えた。

十時半、ドッジェット夫人が二、三人の心安い友人と集って、新年を迎えようとしている部屋まで、アデライデは降りて来て、今夜はもう用はないと言った。

「あなたや女中が心配して、上ってくるといけないから、断わりに来たのよ」と彼女は付け加えた。

新年の鐘とロンドン港の船の汽笛を聞いてから、ドッジェット夫妻の友人は「おめでとう」を言って帰って行った。夫婦は最上階の寝室へ引き取った。街の新年の騒音は静まって行った。

女の叫びが起り、バートレット氏のアパートのドアが開いて、アデライデが裸足で、ドッジェット夫婦の寝室へ駆け上って行った。ドアをたたいて、

「起きて下さい。医者をすぐ――。夫が死んだんです」

医者は、たしかにアデライデの言った通り、バートレット氏がこと切れているのを見出した。しかし外見には死の徴候はなかった。

アデライデは語った。夫は宵のうちは眠りにくかったらしかったが、やがて眠った。ベッドの傍の椅子にかけて、彼女は新年の鐘を聞いた。彼女もまた眠ったらしい。

ふと目を覚ますと、部屋の中は静かだった。自分の腕が布団から出て、夫の足にさわっていることがわかった。部屋はまだ暖く、暖炉には火があるのに、その足は大変つめたかった。蠟燭《ろうそく》をつけて、夫の顔を見て、死んでいるのを知った。信じることが出来なかった。ブランデーを飲ませようとしたが、唇が開かなかった。そこで階上の家主夫婦を起しに行ったのだった。

患者は回復しつつあったのだから、一応検視を申請するのが、自分の義務であると、医師は言った。これはアデライデにはショックだったらしい。検視審問は一月二日行われ、死因はクロロホルムによる麻酔死と決定された。

「どうしましょう。あたしクロロホルムを持っているんです」と報せを受けたアデライデは叫んだ。

「なぜそんな危険な毒薬をお持ちなんですか」と医者はたずねた。

「先だっての夜、夫と口論した後で買ったのです。こんどそんなことになったら、ハンケチに含ませて、鼻の先でふるつもりでした。でも、その必要はなかったんですけれど」

「薬はどこにしまってありますか」

「隣りの寝室の机の抽出《ひきだ》しです」

「あの夜、御主人が起きて、隣室へ行ったとはお考えになりませんか」

「そんなことはないと思います。あたし主人の足に腕をおいて眠っていたらしゅうございますが、主人が動いたら、気がつくはずです」

「誰かが部屋をかき廻したのですね。わたしが来た時、暖炉には火がたくさんありました。誰が石炭をくべたんでしょう」

「存じません」

これは彼女に不利なポイントになった。しかし彼女はその夜疲れていたから、寝入る前に石炭をくべ、それを忘れたということは可能である。

バートレット氏の友人のマシウ夫妻は、アデライデが夫の死んだ部屋で一人きりで過すのは辛いだろうと同情して、検視審問が済むまで、家に来るようにすすめた。

やがてダイスンがアデライデに会いに来た。彼はひどく興奮していた。以下がマシウ夫妻の聞いた会話である。

「クロロホルムで死んだということじゃありませんか。ほんとうのことがわかったら、わたしは破滅だ」とダイスンは言った。

「あなたは死んだエドウィンの友達というだけじゃありませんか。こわがるわけはないはずです」とマシウ氏が慰めた。

「ところがあるんです」とダイスンは叫んだ。そしてアデライデに向って言った。「もし証拠が出て来て――」さすがに彼はあとが続けられなかった。

「疑っているなら、なぜおっしゃらないの」とアデライデが叫んだ。「あたしがクロロホルムで夫を殺したとおっしゃったらどう」

ダイスンはそれには答えず、椅子に坐り、黙って頭をかかえた。

「どうしたらいいんだ」と彼はうめいた。「すっかり言っちまいたいけど、出来ない。出来ない」

「黙ってらした方がおためでしょう」とアデライデは言いつのった。「クロロホルムのことは言わない方がいいわ。誰もあなたが買ったなんて思やしないわ」

「黙っていられそうもない」

検視審問は長くかかったが、遂にアデライデ・バートレットとジョージ・ダイスンに対し、「謀殺」の評決が出た。

二人は直ちに逮捕されたが、起訴されたのはアデライデだけだった。ダイスンは「クイーンス・エヴィデンス」（法律語として「キングス・エヴィデンス」が普通であるが、ヴィクトリア女王の治世であるのでこうなる）を申し立てた。つまり共犯者に対し、不利な証言を行うことによって、寛大な取扱いを希望したのである。

彼を愛し、検事の主張によれば、彼に不貞を働くよりは、夫殺しを選んだ恋人に、不利な証言をすることによって、自分を救おうというのが、この美貌の牧師が選んだ道だった。アデライデはいまや、恋人が検察側の有力な証人として出廷する裁判に、一人で立ち向わねばならなくなった。

裁判はクロロホルムが殺人に用いられた最初の事件として、医学界の注目を引いた。

検察側の論拠は強くはなかった。検事は彼女がまず被害者の顔に、クロロホルムを浸した布をかけて眠らせた後、さらに液を喉に注いだと主張した。しかし意識を失った人間が何かを呑み込むことが出来ないのには、疑問の余地がなかった。しかるにクロロホルムの致死量は胃の中に見出されたのである。

一方バートレット氏が自分で嚥下《えんか》したという理論にも難点があった。劇薬が喉を通るのは、ひどい苦痛を伴うから、その人は叫んだはずである。叫び声は家の中の人は勿論《もちろん》、街を通る人にさえ、聞えたはずだと推察された。新年の朝で街はいつもより静かだったが、それでもかなりの通行人があった。しかし叫び声を聞いた者は出ていない。

未決監にアデライデを訪れた最初の朗報は、サー・エドウァード・クラーク（当時はただのクラーク氏だったが）が弁護を引き受けたことであった。

クラーク氏は弁舌だけではなく、人生の機微に通じていることで、傑出していた。弁護士である以上有罪な人間を無罪と主張することもあった。しかしこの事件にあっては、証拠を検討すればするほど、アデライデ・バートレットの無罪を確信するに到った、と彼は言っている。裁判に先立つ十日間、彼はクロロホルムの医学的効果の研究に没頭した。

被告側にとって見通しは暗かった。ダイスンがアデライデに頼まれてクロロホルムを買ったことは、ダイスン自身証言するにきまっていた。寝室の抽出しにクロロホルムの瓶はなく、空瓶が居間にあり、暖炉の上におかれた空のグラスには、クロロホルムがついていた。ただ三人の人間関係の異常さが、クラーク氏にアデライデの言葉の真実なることを信ぜしめた。彼は孤独なアデライデが生涯で初めて会った理解ある友となった。

裁判は一八八六年四月十二日に始まった。まずバートレットの父親が立って、アデライデに不利な証言を行い、医者が所見を語った。第二日、ダイスンが法廷に現われた。

世論は彼に対して苛酷だったが、思うにこれは一個の弱者にすぎなかったようである。そして恐らくアデライデを有罪と本気で信じていたのであろう。彼女と共に被告人席についても、なんの援けにもならなかったであろう。検察側の質問に、彼はことごとく肯定的に答え、アデライデの有罪は確実と見られるに到った。言うだけのことを言ってしまうと、彼は自由な身となって法廷を出て行った。

それからクラーク氏の弁論が始まった。彼女は夫と二人きりで大晦日の夜を過した。彼女は深く眠ったと言っている。しかし暖炉に火があった以上、誰か起きていた者がいるのである。誰が火を起したか。

クロロホルムは暖炉の上に持って来てあったのだが、彼女はそれを医師に言うのを忘れていたにすぎない。クラークの意見では、もしアデライデが犯人なら、クロロホルムのついたグラスを洗ったはずであった。殺人を計画し、薬の効果を研究してあったのなら、検視をおくらせるように、つとめたであろう。クロロホルムの痕跡は早くなくなるからである。しかるに彼女はすぐ家主夫婦を起しに行き、医師を呼ばせた。

クロロホルムについての権威スチーヴンスン博士が証言台に立った。彼はクロロホルムを内服するのは著しく困難であり、被害者の胃から検出される量を呑み下すことはほんとうは考えられないのだと言った。被害者がすでに意識を失っていれば、なおさら飲むことは出来ない。要するにどうして飲んだかわからないが、バートレット氏がそれを内服した時は、彼は意識があったと考えるほかはないと言った。

この証言に基づきクラーク氏は見事な弁論を展開した。彼はバートレットが精神の平衡を失った人間であったことを指摘した。アデライデが眠った後で、彼は目を覚まし、偶然暖炉の上にクロロホルムの瓶を見た。彼は起き上り、多分火をかき起し、薬をグラスに注いだ。そしてベッドに入って、ひと思いに飲んだ。苦痛を感じるひまもないほど、早く飲んだ。体が弱っていたので、苦しみは短く、ほとんど即死だったろうと言った。

裁判官の説示《せつじ》（陪審裁判では、裁判長は陪審員が評議のために法廷を退く前に、事案の問題点を要約する）も被告に有利であった。彼女がいかに献身的に夫を看護したかを指摘し、グラスを拭わなかった事実を強調した。

陪審員の討議は長くかかった。二時間後法廷に現われた陪審長は言った。

「われわれは被告の嫌疑は濃厚であると認めます。しかしクロロホルムがいかにして、また誰によって、与えられたかについて、充分に立証されたとは考えません」

「では、被告は無罪だとおっしゃるのですね」と裁判所書記がきき返した。

「ええ、無罪です」

法廷の熱狂はこの裁判所開設以来のものだったと言われる。そしてサー・エドウァード・クラークは、生涯でただ一度取り乱した。両手で顔をおおい、彼は嗚咽《おえつ》した。

法廷を出た彼の後には群衆が続き、通りの窓からはハンケチが振られた。彼が見事に弁護したことはたしかだが、世論がアデライデの側にあったのも事実であった。多くの人は、彼女を不当に迫害された女と見なしていた。

しかしすべてを疑いの眼で眺める人々は、彼女の行動に幾多の怪しい点を見つけるに違いない。

例えば彼女はなぜ大晦日の夜、用はないとわざわざ家主の夫人に断わりに行く必要があったか。バートレット氏が不意に彼女を恋するようになったことについては、彼女の証言があるだけである。二十歳年下の少女を養女にするかわりに結婚し、十年触れなかった性的不能者に、あり得ることだろうか。しかし人間の性は複雑なものであり、少し頭が変で、しかも近づく死を予想していたバートレット氏が、どんな不合理な観念を抱いたとして不思議ではない。

疑問はいくら残ろうとも、事実はわれわれの想像を越えると知るべきである。物語の全体を通じて、アデライデの善良な性格だけははっきり出ている。二人の、悪意はないが、異常な性格の男に弄《もてあそ》ばれた犠牲者とも言える。彼女を無罪にした陪審員は、結局賢明だったのではないだろうか。

# 緑の自転車

諸君が万一何かの疑いで警察に呼ばれた場合、一番いい方法はありのままの事実を言うことであるべきである。自分にかけられた疑いを推量しようとしたり、疑いを避けるために小細工を弄したりするのは、疑いを深めるだけである。諸君が無実なら、真実はおのずからそれを明らかにするはずである。

現在我々の周囲に、物事がそう簡単には行かない例ばかり充満しているのは遺憾であるが、警察に対して最初ずいぶんへまをやったにも拘《かかわ》らず、最後に真実を述べたら許された男の例がここにある。

無論日本の話ではない。裁判と探偵小説に関する限り、世界で一番進歩しているらしいイギリスの話である。しかも一九一九年、四十年前の出来事である。

レスターはロンドンの西北九七哩《マイル》の、中部イングランドの平野の中の町であるが、ロナルド・ヴィヴィヤン・ライト君は、そこの鉄道分局の製図係であった。美男《ハンサム》とまでは行かないまでも、まあまあ好男子《グッド・ルッキング》の方で、母と二人暮しの、大人しい親孝行者であった。

第一次大戦に出征したが、激戦痴呆症《シェル・ショック》で一九一八年に送還され、レスターの家で療養を続けていた。至近弾破裂のため軽度の聾症《ろうしょう》があった。医者は出来るだけ外気にあたるように薦めた。ライト君はもともと自転車の遠乗りが好きだったので、出征中は友達に貸してあった緑色の自転車を返して貰い、レスター付近の丘を走り廻った。

その日、一九一九年七月十九日の夕方、彼は平坦な道をグレート・グレンへ向って走っていた。街道を横に切れ、木の多い道を辿って、リットル・ストレットン村に近づくと、路傍の門に自転車を立てかけて、一人の娘がいた。何か困った風で、自転車をあちこちいじっている。

二十ぐらいのなかなかいい着物を着た娘である。そんな様子の娘を見て、通りすがりの若者のすることはきまっている。直ちに車をとめて、何かお助け出来ますか、ときいた。

「スパナー持ってない？」と娘は笑いながら言った。「車の調子が変なのよ」

ライトはあいにくスパナーを持っていなかったが、娘の車を調べてやると、ギヤが少し緩んでいるだけで、運転に差支えがあるとは思えなかった。彼がそう言うと、娘は諾《うなず》いて自転車にまたがり、彼は娘と車を並べた。美しい夏の宵、同じ方角へ行く若い二人にとって、まあこうなるのは仕方はあるまい。

丘の麓で自転車を降り、押して登る。それからまた跨《また》って早い下り道、次の丘の麓でまた降りて――そんなことを繰り返しているうちに、前方に一つの村が見えて来た。ライトの知らない村だった。娘は、

「あれが、ガウルビイよ。あそこに寄る家があるの。そう長くはかからないわ。十分かそこいらよ」と言って、去った。

娘は待っていろとは言わなかったし、彼が待つ気かどうか、たしかめる気もない様子で、さっさと行ってしまったのだが、しかし「十分かそこいらよ」という言葉は、若い者の間ではまあいい方の意味に取られ勝ちである。とにかくライトは、ひとりでレスターまで帰るより、十分ぐらいなら娘を待って、一緒に帰ろうと思った。

娘の入って行った家が見える場所で、十五分待ったが、娘は出て来る様子はない。引き上げる潮時だと思い、レスターの方へ少し帰りかけると、後の車輪がペシャンコになっているのに気がついた。路傍でパンクの応急手当をすますと、八時になっていた。娘のことが気になるので――まだ名前も知らないのだが――また家の前まで引き返した。

娘は一人の中年の男に送られて、家の前庭を下りて来るところだった。これは彼女の叔父のメジュア氏だった。ライトはどなった。

「長かったね。ほかの道から帰ったのかと思った」

彼女は微笑で答えた。

「誰だね」と叔父はきいた。

「知らないわ。途中で一緒になっただけなの」と娘は答えた。

叔父にさよならを言い、ライト君が待ってるとこまでこいで来た。それから肩を並べて帰路についた。

道が二つに分れるところがあった。娘は不意に車から飛び降りた。

「ここでお別れだわ。あたしあっちへ行くの」

と言って、左の道を指さした。

「だってレスターへ行くのは、こっちの方がずっと道がいいぜ」

「そうよ。もとはあたしのうち、レスターだったけど、今はちがうの――とにかくあっちが近いのよ」

「そうか。僕はまっすぐ行かなきゃならないな」とライト君は心残りである。「このタイヤの工合じゃ、すっ飛ばせないし、相当歩かなきゃならないだろうよ。じゃ、さよなら」

「さよなら」

と、彼女も心安くかえして、二人は別れた。

ロナルド・ライト君はそれから長い道のり、難行軍しなければならなかった。タイヤにしょっ中空気を詰めなければならなかった。レスターの家へ着いたのは十時過ぎで、くたびれ切っていた。

母親は他家へ訪問に出て留守だったので、女中が夜食を用意した。どうして遅くなったんですか、という問いに、修繕したばかりなのに、自転車がぶっこわれて、帰りは大抵歩いたからだと答えた。自転車は台所の裏へおき、彼は寝た。

幾日か平凡な日が続いた。ライト君と別れてから、美しい道連れの上に起った出来事について、何の噂もレスターの静かな家へは届かなかった。

しかしメジュア氏が姪《めい》が緑の自転車の見知らぬ男と去るのを見てから三十五分後、ストレットンとガウルビイの間に農場を持つポウエル氏は、たまたま農場の入口近くの小道を通りかかった。イギリスで七月のサンマー・タイムの九時では、空はまだ明るかったが、小道は高い籬《まがき》で縁取られていたので、路上はもう夕闇に沈んでいた。

それでも何かが道傍《みちばた》に転がっているのを見分けられたし、近づけばそれが若い娘であることもすぐわかった。頭から血が流れ、そばに自転車が倒れていた。まだ体は生あたたかかったが、彼女はすでにこと切れていた。彼は近所の家々へ事件を告げて廻った。集った人々はすぐそれがメジュア氏の美しい姪であることを認めた。

彼女の名はアニー・ベラ・ライト（カナではライト君 Light と同じになるが、こっちは Wright である。彼女はみんなからベラと呼ばれていたので、以下ベラと書く）、ストウトンに住む労働者の娘で、ゴム工場で働いていた。

医者が来てざっと調べた結果では、ベラは自転車から落ちて、頭を打ったらしかった。よくある自転車事故だった。誰もここに秘密があろうなどとは思わなかった。

この時レスター県警察のホール巡査が、事件に当って取った処置は、後で裁判官からほめられている。実際彼のやり方はその熟練と精密において、現代の有名な探偵にもおくれを取らないものであった。ベラが不意に目まいかなんか起して、自転車から落ちて死んだことを誰も疑わなかった時に、ホールはもっと調べてみなければわからないと思った。

翌朝早く彼は現場を徹底的に洗った。死体から丁度十七呎《フイート》離れたところで、彼は銃弾を一つ拾った。軍隊用の拳銃から発射されたものに違いなかった。それが前日からそこにあったのは、馬の蹄《ひづめ》で踏まれて、地面にめり込んでいたことでわかった。

巡査は捜査を続け、白いペンキ塗りの農場の門の横木に、変な赤いマークを見つけた。それは血がついた烏《からす》の足跡だった。門をくぐって農場に入ると、大きな血まみれの烏の死骸があった。門の上の足跡は、この烏がつけたことは疑うべくもなかった。

この時彼がすぐ烏の死骸を拾って、医者のところへ持って行かなかったのが、ホール巡査が冒した唯一の誤りだったとされている。烏が何で死んだかをたしかめておいたら、捜査は全然別の方角に向けられたかも知れない、と事件の記録者は書いている。

しかしこの時彼が追求していたのはベラがなぜ死んだかであり、烏がなぜ死んだかではない。門の上に赤いマークがついた原因が判明すれば、彼にとって充分であった。巡査の次の仕事はベラの頭に銃痕があるかどうか調べることである。彼は、烏の死体はそのまま雨に打たれ、陽に照らされて、腐敗するに任せ、銃弾を持って、ストウトンに急行した。弾は彼女の頰にあった傷と一致した。

警察が綿密に調べた結果、自転車事故なんて飛んでもないということがわかった。弾は彼女の頭を貫通して、頰へ抜け、それから十七フィート空を飛んで行って、地上に落ちたのである。彼女は自転車から落ちる前に死んでいたのだ。

銃弾という物的証拠を握った警察が、緑の自転車に乗った男の追求に取りかかったのは申すまでもない。ベラが前の日の夕方一人の見知らぬ男と一緒にガウルビイに入ったのには目撃者があり、ベラの叔父は二人が一緒に帰って行ったのを見ている。レスターの中学校に自転車で通っている二人の娘がいた。ベラがガウルビイに着いた時間よりは少し前だったが、レスターからの帰り道、緑の自転車に乗った男が向うから来るのに会った。すれちがう時、

「グッド・ナイ」

と言ったが、二人は答えなかった。少し行ってから、男はまた引き返して来た。話しかけて来た。二人はこわくなって、レスターの方へ逃げて帰った。男は一人で道の真中に自転車を止め、見送っていた、という。

娘達は男の風態をはっきりおぼえていなかった。とにかく若い男で、緑の自転車に乗っていたということだけである。そして車の後にレーンコートをくりつけていたという。

レスターの夕刊に事件が出たのは、だから謎が深まった数日たってからだった。女中が夕刊を読んでいる時、ライトが帰って来た。

「若旦那様、ストウトンで人殺しがございました」

「ふーん」と彼は無関心に言っただけだったが、女中が新聞を渡すと、部屋へ持って行った。

読み進めば、犠牲者が彼の美しい道連れであり、別れて数分後に死んだことを、認めないわけにいかなかった。

この時彼のなすべきことが、真直に警察へ行って、あの晩どうしてベラに会い、どういう風に別れたかを告げることであったのは明白である。ただライト君はシェル・ショックに悩む復員軍人であり、新聞は緑の自転車に乗った謎の人物について、既にそれが犯人ときまったかのように、センセーショナルに書き立てていた。フランスの前線では彼も相当やった方だが、平和なイギリスでは勇気がなかった。

警察へ名乗り出たところで、事件の解決に力を藉《か》せそうもない。ベラとはあの時始めて会ったので、名前すら聞かなかった。彼女を殺そうと思いそうな、愛人とか知合いとかの名前を教えることが出来るわけでもない。銃声も聞かなかった。彼と事件との繫《つな》がりは、殆どないと言ってもいいくらいなものである。警察でいろいろ訊かれるだけでも面倒だ。黙ってるに越したことはない。

多分十人のうち九人はライト君みたいに考えるに違いないのだが、これが大変馬鹿気ているのである。(日本ではどうだかわからぬ)ライト君は自転車を台所から屋根裏へかつぎ上げた。これで事件との関係を隠したつもりなのである。

この間に緑の自転車の男の名は高くなる一方だった。莫大な賞金が謎の男にかけられた。ライト君は、ようやく最初から素直に訴え出なかった過失に気がついたが、ここで彼が今では遅すぎると判断したのが、第一の過失に輪をかけた大失態であった。軍隊にいた頃、彼もほかの将校なみに、拳銃を買っていた。それは今も弾と一緒に家にあるのだが、丁度ベラの傷に合う口径だった。軍隊の拳銃はみんな同じ口径なのである。

緑の自転車、ベラを最後に見た人間という事実、拳銃、こう証拠が揃っていては、逃れようがないと思った。自分の身だけではない、健康の衰えた母のことも考えて、彼がひたすら煩悶《はんもん》しているうちに、緑の自転車の追求は続けられていた。

八月、九月、十月と無駄に月日が経ったというのは、いくら四十年近い前とはいえ、日本の警察なら考えられないことである。その頃イギリスの自転車の普及状態が、現在の日本と同じくらいと仮定して、ガウルビイの村を中心に、自転車行程内の緑の自転車の持主をチェックすることぐらい、いくらの手間でもあるまいと思われる。

イギリス人が自転車を勝手な色にペンキで塗るとしても、ライトの家に緑の自転車があり、持主に遠乗りの習慣があることは、隣近所で知られていたに違いない。警察が調べ上げなかったのは、丹念について我々と観念が違うからであろう。密告者が出なかったのは、イギリスの隣人に対する信頼と、紳士気質《かたぎ》からと考えるほかはない。

ライト君は忌々しい緑の自転車が屋根裏にある限り、夜もおちおち眠れず、間もなく気が違ってしまうだろうと判断した。十月の或る暗夜、彼は自転車の番号票をはずし、近所の運河の岸まで引いて行って、抛《ほう》り込んだ。拳銃と弾入れもそのあとを追った。

彼はやっと自由に息をすることが出来た。一度母に自転車はどうしたのと訊かれたが、売りましたと答えた。それだけだった。

ライト君の健康はよくなった。彼はレスターの家にいたくなかった。秋の終り、チェルテナムの有名なディーン・クローズ・スクールの数学の教師の職がきまった。クリスマスの休暇が終ると、彼は任地へ出発した。万事これでおしまいのはずだった。

ベラが死んでから、八カ月近くたった二月の或る日、遂に運河が秘密を吐き出した。運河の岸に沿って上り下りする舟の曳《ひ》き綱が、河底の何かに引っかかった。船頭は曳き馬に鞭《むち》って、到頭その何かを、泥の中から引き上げるのに成功した。自転車だった。船頭は緑の自転車事件を知っていた。泥を洗い落すと、緑のエナメルが現われた。彼はすぐ警察へ行った。

番号票ははずしてあったが、メーカーは商標を全部の金具の裏側に刻んでいた。バーミンガムの工場の製品で、レスターの自転車屋オートン氏に卸されたものであることもすぐわかった。そしてオートン氏の帳面には、一九一〇年中にロナルド・ライト氏に売ったことが明記されてあった。

ライト氏自身については、何も隠されてなかったから、警察はまもなくチェルテナムの学校を訪れた。ライト氏はやっぱり目下過失中だった。彼はまた真実を告げることをしなかった。率直なのは警察の方であって、刑事は最初からベラの死について緑の自転車を探していると言った。

「たしかあなたはそんな自転車を持ってましたね。あれはどうなさいました」

「飛んでもない。僕は緑の自転車なんか持ってたことはありません」

誰でも知ってることを否定するのは馬鹿気ている。

「九年前にオートン商会でお買いになった自転車ですよ」

「ああ、そうでした。緑の自転車を持ってたことがありましたっけ。あれは売りました」

こういう否定と矛盾だらけの答えをされては、逮捕するほかはない。ライト君は警察へ連行され、ベラ殺害の容疑をもって起訴された。彼の反応はただ一言、「馬鹿馬鹿しい」だった。

以上の記述は判決通りロナルド・ライト君を無罪と考え、彼が法廷で述べた真実に従っている。しかしチェルテナムで逮捕された瞬間のライト君ほど、怪しげな存在はなかったことは認めねばならぬ。この被告を無罪としたイギリスの法廷の智慧は賞讃されてよい。

判決は事件の日より前に、ライトがベラと会ったという事実が立証されなかったことに、基づいている。警察はライトについては勿論、死んだベラの側からも、捜査を尽したにもかかわらず、証拠が見つからなかったのである。

ベラが大勢の男に取りまかれていたことがわかって来た。そのうちの一人、海軍の砲手と婚約していたが、彼の航海中、二、三人の男と遊び廻っていた。彼女がよく男と出掛けたことについては証人はいくらでもいたが、ロナルド・ライトらしい男と一緒にいるところは、事件の晩以外、見た者はなかった。しかし彼が彼女の死の数分前まで一緒にいたのは事実であり、自転車を隠し、さらに拳銃と共に運河へ投げ込んだことも、警察で認めていた。

被告人席に就いたライトは落着いた自信ある態度で、満員の法廷を驚かせた。彼は警察では「なんかの間違いです」と言うだけで、供述を拒否していた。裁判官と陪審員の前に出れば、自分が無罪となることについては自信があるらしかった。

二人の女学生は、ライトがあの日話しかけようとした男だと言ったが、ライトは無論否認した。検察側もこの点は強調しなかったし、裁判官は陪審員に対して、少女の証言を重視しないことを薦めている。(陪審裁判で有罪無罪と評定するのは十二人の陪審員であるが、陪審員が合議のため退廷する前に、裁判長が専門的立場から、事件の問題点を纏《まと》めるのが例である。大抵はその説示通りに評定されるが、抗《さか》って評定を出すことは無論出来る)

少女達が誰かにおどかされたことは間違いないが、恐怖のあまり人相にも自転車にも注意しなかったと見做《みな》すべきである。緑の自転車とは噂を聞いてから、言い出したことかもしれない。これも一つの想定であるが、子供の証言を重視しないという方針は一貫している。

それからロナルド・ライトは大体これまでに書いたような事実を、落着いて明瞭に述べ出したのである。

陪審員は彼を信じた。動機の全然ないということが強味だった。気違いでない限り、見知らぬ娘を射《う》つ人間はいない。そしてロナルド・ライトはシェル・ショックで少し神経過敏であったとはいえ、正気であった。進んで警察へ出頭せず、自転車と拳銃を隠したのは馬鹿気た行いだった。しかし愚行は犯罪ではない。

「無罪」の判決を聞いて、傍聴人はみな安堵の息を洩らし、母親は涙を落した。

ベラの死はこうして謎のまま残された。

「真実《ホール・トルース》をのこらず」がイギリスの裁判の原則であるが、法廷に持ち出されなかった幾多の点があった。

例えばライト君の拳銃である。それは大きくて重い軍隊用の大型拳銃であった。ところが事件の当夜彼はよく身に合ったグレイのスーツを着ていた。拳銃をポケットへすっぽり入れることなんて出来なかったわけである。

ポウエル氏の農場の前の道が、果してベラの家へ帰る最短距離であったか？　もしそうでなかったら、何か媾曳《あいびき》の約束でもあったのではないか。誰か嫉妬に狂った男が、待ち伏せして射ったのではないか。

疑問はいくらでも持つことは出来るのだが、すべて不明のままに残される運命にある。第一彼女の体がまだあたたかかった時に、死体を発見した農場主は、悲鳴も銃声も聞いていないのである。異様に静かな夕方だったのに、何の物音もしなかったと彼は言う。

ベラの死が殺人ではなく、事故であったという解釈もある。兎撃ち連中が、大勢外に出ている時刻だった。そして第一次大戦後間もない一九一九年では、軍隊のライフル銃で狩をする連中が多かった。或る有名な小説家が現場を調べ、小説を書いた。彼はライフルを射った架空の少年を創造し、その告白をもって小説を終らせている。軍隊用の拳銃の弾は、ライフルでも射てるのである。

現場に近い門の上に、鳥の足跡と死骸をホール巡査が発見したことは前に書いたが、小説は銃丸が鳥を貫通していたことを前提としている。

少年は広い野を飛ぶ鳥が門の上に降りるのを見た。一哩近く離れてもライフルの弾は届く。少年は覘《ねら》い、引金を曳く。覘いはよく鳥は門から消えた。獲物を取りに野を渡って来た少年は、ベラの死体の上にかがみ込む大人を見て、自分の過失に気がつき、怖れて逃げ去る。そしてイギリス中がベラの殺人事件でわくのを見て、ライト君と同じく沈黙を守る。

少年は鳥のかわりに人間を射ってしまったと思っていたのだが、弾は実は鳥にも当っていたのである。鳥を貫通し、ベラの頭を貫通し、十七呎先の地面に落ちた。事件の記録者がホール巡査が鳥の死骸を直ちに調査しなかったのを遺憾としているのは、この小説家の空想を、事件の唯一の可能な解決と見做したいからであろう。一哩離れていれば、銃声はポウエル氏の耳に届かないこともあり得る。

門とベラの死体と銃弾が発見された位置について、何の記載もないのが遺憾であるが、偶然は全然不可能ではない。最近アメリカのヤンキイ・スタジアムで、観客の一人がどこから飛んで来たのか不明の弾丸に、後頭部を撃たれて死んだ事件が起っている。最近の進歩した鑑定技術では、どの角度から、どのくらいの速度で飛んで来た弾丸かが確かめられ、スタジアム外の一点が指摘された。そして丁度その場所で警官が空に向けて威嚇射撃を行ったことが判明し、不運な観客を殺したのが、その弾丸であったことが確認された。

一九一九年ではこんな精密な鑑定は望まれないが、ホール巡査が直ちに鳥を医師に鑑定させ、それがベラの頭を貫通したと同じ弾によって貫かれていることが確かめられたら、捜査は緑の自転車の乗り手よりは、ベラの死体と門を結ぶ線上の遠い狩猟者に向けられたろうというわけである。

射ち手が大人だったら、ライト君の逮捕を聞けば名乗り出ねばならぬ。だからそれを少年としたところに小説家の慎重さがあるわけだが、陰惨な現代の探偵小説家だったら、疑いを死体の発見者ポウエル氏に向けて見ることも出来るだろう。

第一、彼はベラが選んだ小径《こみち》に、家を持つ人間である。

第二、銃声を聞かなかったことについて、我々は彼の証言を持つだけである。イギリスの田舎は人口稠密《ちゅうみつ》の日本とは違って、家と家とが一哩以上離れているのがむしろ普通で、ポウエル氏が発した音がポウエル以外に聞かれないことはあり得るのである。

農場主はまず四十歳ぐらいと想像されるが、尻軽娘とどんな関係にあったかわかったものではない。脅迫も行われていたかも知れない。ベラを小径に誘って片付けてしまいたい衝動にかられたって、不自然ではない。

ただこうなると鳥の死骸が全然はみ出してしまう。事件の当時二重貫通説はなかったし、鳥は法廷にも持ち出されなかったのだが、色々の臆測が行われた。

まず鳥がベラの頭から血が出るのを見て、血をすすりに降り、その時足を濡らした。それから門の上に飛び上って足跡を残し、不意に死んだ。

しかしなぜ死んだかはわかっていない。血を飲みすぎて死んだという説は、生物学的に不可能であるし、第一血だけ飲むということは考えられない。当然死体の出血個所をつっつくべきだが、ベラの頭には銃傷しかなかった。

前から何か毒物をついばんでいて、門へ上った瞬間、毒が利いて来て落ちたという説は、二重貫通説と同じくらい偶然に頼りすぎている。門の上の足跡が、人間の血か鳥の血かぐらい、当時でも鑑定は容易であったろうが、すべてそれらがなされていないのである。

結局事件は色々な謎を含んだまま未解決のまま残された。確実なのはベラが死んだことと、ライト君が無罪になったということだけである。

ライト君をめぐっては最も疑わしい状況証拠が揃っていたのだが、それにも拘らず彼を無罪とした、イギリスの陪審員の良識が賞讃さるべきであろう。

かかる裁判を持つ以上、人は真実を述べれば足りる。

# 扉のかげの男

犯罪は我々の不安な日常生活では、元来起り得ないもの、起ってはいけないものである。三人組強盗がいくら都下を荒し廻っても、自分の家へは入りそうもないような気がする。――またそう思えなくては、夜も眠れないことわりだが、さて自分の家が対象になって、例えば朝、風呂場の戸にこじあけようとした痕跡のあるのに気がつくとか、庭の隅に脱糞《だっぷん》を見つけるとかした場合、何ともいえない無気味な思いに襲われる。

必ずしも怖れているわけではない。強盗といえども、目的は財物の獲得にあることははっきりしているのだから、対処する方法はあるはずなのだが、異常な事件には、何ともいえずいやな感じがあるわけである。

一九〇九年九月十日夜の九時半、ヨーク州の工場町ハダースフィールドのストース氏の邸の食堂に、一発の弾丸がぶち込まれた時、一家の人々の感じたのも、同じ感覚であった。

ストース氏は富裕な紡績工場主で、家を買ったのは、五年前である。元貴族の館で、部屋が三十もあり、ストース夫人と姪《めい》のミス・リンドレーの三人の暮しには広すぎた。ブルジョア流合理主義から、彼はほとんどの部屋をしめ切り、家の一翼だけを使っていた。あとは料理女と上女中が台所に住み、御者夫婦が馬小屋の二階に寝ているだけだった。

その晩、ストース夫妻、リンドレー嬢は、近所の婦人を一人、晩餐に招んでいた。食事は終り、コーヒーを飲みながら、愉快にお喋りしていた時、突然庭で銃声がした。窓ガラスが破れる音がそれに続いた。

ストース氏はすぐ窓にかけ寄り、カーテンを押し開いた。彼はやっと庭の植込みにかけ込む人影を見ることが出来た。

「誰だかわかんなかったの」と女達は、あとできいた。ストース氏は答える前にちょっとためらったそうである。

「いや、知らない奴だったね」と彼は答えた。

それまで家の中で、ことに女達がどんなにさわいだか、いうまでもない。ストース氏は明らかに、女達の恐怖をのぞくのに一所懸命だった。翌日彼は近所の駐在所に行き、見廻りを出してほしいと頼んだ。犯人は気違いだろうということになった。たしかにカーテン越しに一発ぶち込むなんて、正気の沙汰とは思われないことである。

今日の目から見れば、明らかに室内に入ったと思われる弾丸について、何ら捜査の行われた形跡のないのは、不思議である。が、少なくとも、これが当時の記録の伝えるところである。

ストース夫人は、屋上に大きな鐘を取りつけた。そして鐘が鳴ったらすぐ来てくれと、警察に頼みに行った。ストース氏は夫人の計画を笑っていたが、その後度々駐在所を訪ね、また鐘がちゃんと鳴るのをたしかめて、満足のようだった。

二ヵ月近く経った。十月末の或る土曜日の晩、ストース氏はまた駐在所へ来て、今夜は特別気をつけてくれと言った。警官は「なんかあやしいことがあったんですか」ときいた。ストース氏は、念のために来たんだと答えた。

真夜中頃、鐘が鳴った。警官がかけつけると、ストース氏が笑って出迎えた。

「御苦労様でした。鐘が聞えるかどうかためしただけでした。いや、申分《もうしぶん》ありません。こんども、これくらい早く来て下さい」

警官がどんな気がしたか、言う必要もないことである。彼はストース氏が神経を立てているのだと判断した。後になって、なぜそう神経を立てたのか、ということが問題になった。しかし、なにか予告を受けていたかどうか、は永久にわからないことになった。

十一月一日の月曜日、ストース氏はいつもの時間に事務所から帰り、夕食後、夫人とリンドレー嬢と、トランプをした。ベルが鳴ったので、女中が出て行くと、コーヒーを持って来いという命令だった。

台所へ下る途中、皿洗場の戸の前を通る時、風を感じて驚いた。灯りはついていた。のぞき込むと、窓ガラスが割れているのが見えた。音はたしかに聞えなかった。なに気なく、歩み入ると、ドアの蔭にピストルを持った男がいた。動くひまもなく、肱《ひじ》をつかまれた。

「声を出すと、ぶっぱなすぞ」と、男は言った。

彼女はあんまりびっくりしたので、言葉の意味をつかむことが出来なかった。大声に叫びながら、廊下へかけ出した。男はついて来た。しかし射たなかった。料理人も台所からかけ出して、

「泥棒、泥棒」と叫んだ。

ストース氏は再び勇気を示した。彼は椅子から立ち上り、廊下に走り出て、男に立ち向った。三人のおびえた女達は、

「にがさねえぞ」と男が言うのを聞いた。

そして二人は格闘をはじめた。

料理女とリンドレー嬢は、おびえて、食堂のドアを閉めた。男達の喧嘩を見るのがこわかったからである。ドアにもたれた二人に、ストース夫人は「どいてちょうだい」と言い、二人が抵抗すると、力ずくに押しのけ、ドアを開けた。

二人の男の格闘は続いていた。

夫人は壁に飾ってあったアイルランドの棍棒《こんぼう》をはずして、夫の手ににぎらせた。見知らぬ男の手にピストルがあるのを見て、もぎ取ろうとした。

いまやリンドレー嬢も加わった。二人の女も男に組みついたが、彼は三人がかりでも手に負えないほど強かった。ピストルを奪うのがやっとだった。

男の右手はポケットから、大きなナイフを取り出した。

「鐘だ、鐘だ」とストース氏は叫んだ。

ストース夫人は反射的に屋上に上り、リンドレー嬢は玄関からかけ出した。邸の前にスタリイブリジのクラブがあった。数人の紳士が彼女の叫びを聞いて、かけ出して来た。

玄関に入ると、ストース氏が倒れていた。男の姿はなかった。

ストース氏はまだ息があったが、十五の重傷を負い、口を利くことも出来なかった。

彼が犯人を見分けたかどうか、永遠にわからない。彼はまもなく死んだ。

ストース夫人、リンドレー嬢、二人の召使——四人の人間が犯人を間近に見ながら、すっかり動転していたので、どんな男だったか、正確に述べることも出来なかった。

警察は彼等の証言から、犯人はとにかく若い者らしいという結論を引き出した。薄い口髭を生やし、髪を長めに伸ばしていたはずだった。彼が残した拳銃はどこでも買えるような安物だった。(その頃のイギリスでは、拳銃は無登録で売られていたが、その出所が確かめられなかったのは、今日の常識からすれば考えられないことである。九月十日の発砲事件の時、明らかに室内のどこかにある弾丸が捜査されなかったのと同じくらい不思議である)

ストース氏の兄のジェームスは船長で始終航海に出ていたから、なんの情報も提供出来なかった。彼は弟に敵があり、秘密があるとは考えられないと言った。ストース氏の事務所の机も調べたが、手懸りは得られなかった。

ストース氏はよき友人であり、理解のある工場主で、召使にも慕われていた。年取った御者は馬小屋で首を吊って死んだ。夫はストース氏が亡くなられたのでは、生きているかいがないと言っていたと、御者の妻は検視審問で証言した。

ちょっとした違反事件で、コルネリウス・ハワードという青年が逮捕されたが、やがてストース殺しの犯人として起訴された時、人々はびっくりした。ハワードは土地で名を知られた人間であり、年こそ違え、ストース氏の従弟《いとこ》に当っていたからである。「運が向いて来ない」ハワードに、ストース氏は何かと援助を与えていた。ハワードはストース氏を殺しても、なんの利益もなかった。

ハワード青年はサウスポート付近の田舎町に生れ、製肉工場の見習工になったが、その商売を嫌って軍隊に志願し、インドへ行って来た。いい成績で除隊した彼は、ハダースフィールドの町に住んでいた。彼に嫌疑がかかった理由は、ストース氏の親類であり、同じ町に住んでいたということよりなかった。

証拠は取るに足らないものだった。彼は兇器と見られたナイフと同じくらいの大きさのナイフを持っていた。ズボンが切れ、血痕らしいものがついていた。警察の意見では、それはストース邸の台所のガラス窓を破って入った時の怪我であった。しかし犯人は頭の先から足許《あしもと》まで返り血を浴びているはずであった。

ハワード自身は隣町の或る乾物屋の破れた窓ガラスに、偶然倒れかかったとき傷が出来たのだと言った。実際その乾物屋の窓はこわれていたし、ハワードが倒れたことには目撃者がいた。

彼はそれまでにストース氏の家へ行ったことがなかった。しかるに犯人はあきらかに間取りを知っていて、適切に行動している。ストース夫人とリンドレー嬢も、ハワードの名前は聞いていたが、会ったことはないと言った。

それにも拘《かかわ》らず、コルネリウス・ハワードが殺人罪で起訴されたので、誰よりハワード自身が驚いたのである。

裁判の日、ハワードは落着いて被告人席につき、法廷にいい印象を与えた。喪服姿のストース夫人が証言台に上り、おそろしい夜の出来事を逐一述べた。

「あなたには犯人を見分けられますか」と検事が訊いた。

法廷にいた新聞記者の伝えるところによると、夫人は大きな身振りで二つのこぶしを被告人に差し伸べ、ふるえる声をはり上げて、

「あの人です」と叫んだということである。

リンドレー嬢は叔母とは対照的な平静さで証言した。

「被告人席にいる人が犯人だと確信します」と彼女は言った。「そうでなかったら、きっと二重人格《ダブル》です」

リンドレー嬢の最後の言葉が、真実を突いていたのかも知れなかった。生写《いきうつ》しの人間が実際いたかもしれないのである。コルネリウス・ハワードはごく普通の青年だっ

た。街を歩けばたちまち十人ばかりも似た人間にぶつかりそうな体格と顔付を持っていた。二人の婦人は、彼女達が犯人を見たのは、薄あかりの下の歪んだ顔であり、彼女等自身の眼も、恐怖でくもっていたことを忘れていた。

二人の証言を聞くと、コルネリウス・ハワードの顔に驚愕が現われた。二人が人違いだと言ってくれるものと、確信していたのであろう。

検察側の提出した証拠に、ほかには大したものはなかった。すべては二人の目撃者の証言にかかっていた。

弁護人が立ち上った。彼はまず被告がこれまで暴力犯罪を冒したことがなかったことに陪審員の注意を促し、製肉工場の仕事を嫌悪してやめた事実を指摘した。

ハワード自身証言台に立ち、まずストース氏の家に一度も入ったことはないと誓った。彼はその年二度しか氏に会っていない。一度は正月に街で会って言葉を交わしただけで別れた。二度目は四、五月頃、街で見かけたが、声はかけなかった。先方は多分気がつかなかったと思うと言った。そして問題の夜は、ハダースフィールドの下町の、「鳴鈴亭《リング・オブ・ベルス》」で、ドミノをやっていたと証言した。

その家の主人のほか、ハワードのドミノの相手がかわるがわる立って、彼の証言を裏づけた。その日は市会議員の選挙日に当っていたので、日時の思い違いは起り得なかった。これは被告の幸運だった。

コルネリウス・ハワードは目撃者によって犯人と判別された。これはイギリスの法廷では、証明力の高い証言である。しかし他の多くの証拠は、彼が犯行の時間、現場から数マイル離れたところにいたことを示していた。

裁判長は説示し、陪審員は別室に退いた。三十分の後、善良にして誠実なる十二人は再び法廷に現われ、大声に「無罪」と叫んだ。イギリスの裁判制度は世界で最も評判のいいものだが、これは被告人がアリバイだけで、無罪をかち得た珍しい例である。

かくして彼は青天白日の身として、法廷から出て行ったが、あとに残ったのは、それでは誰がなぜストース氏を殺したかということである。

なぜストース夫人とリンドレー嬢が、決定的な誤りを冒したか。

われわれの心は、常に異常事に対処するために、用意されているとは言えない。そしてそういう事態に、われわれがまき込まれたということ自身に、なんともしれず、いやな思いがある。

ハワード青年は現代ならば洋服店のカタログから抜け出したような標準型の青年だった。それを犯人だと、二人の婦人が信じてしまったのは、

一、それが検察庁によって訴えられた人間であったことである。予断は慎重な証人

の眼をくもらせる。
二、誰かを犯人と名指すことによって、彼女達の経験したいやな思いからの、解放のよろこびを感じた。
以上、二つである。この不安からの脱出の希望は、法廷だけではなく、警察の「面通し」場も支配している。真実が知り難く、人生は謎にみちている。なんとか黒白をつけなければならない裁判官の良心の負担は重いわけだが、危険なのは彼等がその地位から生じる「処罰本能」とでもいうべきものに負ける時である。裁判も人間のすることであるから、心理的な要因から全然免かれることは出来ないのに、権威をもって判決に固執する時、正義が脅かされる。

# 妻の証言

ピースンホールはノーホーク州の小さな村で、村一番の美人はローズ・ハーセントである。毎朝新鮮な牛乳を村の上流の家に配達する牧場の雇人の娘だ。波打つ金髪、大きな空色の瞳、牛乳のように白い肌の持主であるばかりでなく、頭もいい子だったので、小さい時から父親の自慢の種だった。村の日曜学校の成績もよく、行儀もよかった。

彼女が十六歳の誕生日を迎えた時、牧師のクリスプさんとその奥さんは、彼女を牧師館に引き取ってもいいと考えた。木曜日と日曜日に行われる礼拝の世話をするほかに、家事も手伝う。女中代りでもあったわけだ。

牧師館は古い建物で、だんだん建て増して行って、女中をおける広さになったものだった。ことに台所はほとんど独立していて、母屋とは一つのドアで通うだけだった。ローズの部屋は、その台所から、別の階段で上った二階にある。そして母屋の二階とはつながっていなかった。ローズは夜は勿論《もちろん》、一日の多くの時間、この二階の別棟で、ほとんど孤立した生活を送っていたと言ってもよい。

牧師夫妻は善良で、親切で、信仰の厚い人達だったが、ローズのような若い美しい娘を、こういう状態においたのは、幾分軽率のそしりはまぬかれないかもしれない。田舎の噂はすぐ立ちはじめた。ライトとスキンナーという二人の村の若者が、特に熱心だった。或る朝ローズが教会の入口を掃除していた時、黒い髪に黒い眼の、様子のいい若い男が通りかかった。彼はローズに話しかけ、二人はいっしょに、礼拝堂に入り、ドアをしめるのを見たと、二人は言った。

彼等はその美男子をよく知っていた。近所の町の農具製作所の技師ウィリアム・ガードナー氏である。六人の子供の父親で、牧師館とほど遠からぬ家で、平和な結婚生活を送っている。サクスマンダムの町の、クリスプ牧師とは別の宗派に属するメソジスト教会の、日曜学校の教師でもあった。

勿論ガードナー氏はローズをよく知っていた――ピースンホールのような小さな村では、住民はほとんど全部が知合いである――ガードナーの奥さんもローズを可愛がっていた。ローズが風邪で寝込んだ時、樟脳油《しょうのうゆ》をビンに入れて持って行ってやったこともある。それで胸をこすると風邪は吹っ飛んでしまうはずであった。（時代はやっと二十世紀に入ったばかりである）

ガードナー夫人は村の人々から敬愛されていたし、ガードナー氏も働き者で、町の教会の熱心な協力者だった。しかもライト、スキンナー両君は、彼がローズといっしょに、村の礼拝堂に閉じこもったと主張する。二人は丁度開いた窓によじ上り、中をのぞき込んだ。

ガードナー氏とローズの行動は、幸い神前をけがすというほどのものではなかったそうである。しかしローズはひどくはしゃいで恥ずべき冗談を口にしていた。二人の若者は、彼等の見聞したことを胸にしまってはおかなかった。噂は村中にひろまった。

日曜学校の遠足で、たまたまガードナーとローズが子供達の付添として、付近の山へ行ったことがあったが、その時の二人の様子もおかしかったという人が出て来た。すべてこれらの噂は、後になって真実ではない、少なくとも大変誇張されているということが明らかにされている。しかし噂は最初はまるで「話は決して小さくはならない」という諺《ことわざ》を証明するためのように、大きくなっていった。話を聞いて、ほかの人に伝える人は、みんな少しずつ尾ひれを付け加えるのを忘れなかった。

噂はガードナーが属していた教会の評議員の耳に入り、査問会が開かれた。ガードナーは断乎《だんこ》として否定した。彼の真面目で率直な態度は深い感銘を与え、査問会は彼の言うことを信じた。将来の行動をつつしむことをすすめられただけで、彼は日曜学校の教師の位置を保持することが出来た。

一方クリスプ牧師の奥さんはローズに問いただした。彼女は無論否定し、奥さんはそれを信じた。こうして噂はおしまいになるはずだった。

しかし一度ついた汚点はなかなか抜けないものである。査問会は完全な事実無根を宣言したにもかかわらず、ウィリアム・ガードナーは村人が彼を疑わしそうな眼で見るのに気がついた。彼は肩をそびやかし、何事もなかったかのように、毎日の仕事に精を出したが、これがかなりの努力と自制を要したのは事実である。

村で一番この醜い噂を気にかけなかった人といえば、ガードナーの妻である。この物語は結局一つの殺人まで行きつかずにはいないのだが、陰惨な事件を通じて輝く一つの光明は、妻の美しい献身であると言える。

これまで語って来たこと、或いはこれから語らねばならぬことも、ガードナー夫人の夫に対する信頼をゆるがすことは出来なかった。彼女こそこの物語の主人公である。教会、その他いたるところで、夫人は夫の側に立った。

「夫は立派な人ですわ」と彼女はくり返した。「ローズとの噂なんか気にしてません。うそにきまってますわ」

彼女の固い信念と立派な態度を見て、とかく物事を悪い方にとりたがる人々も、自分の考えを恥じた。

村人は遂にガードナー氏を噂の主にするのにあきて、ローズに他の恋人を見つけて来た。

村の乾物屋に、ひどくロマンチックな店員がいた。ほかの村人と比べて、とり立てて性悪というほどでもなかったろう。ただ若かっただけである。彼はローズにぞっこん惚れ込み、大袈裟《おおげさ》な称讃にみちた手紙を書いた。次がその例である。

わが心を捉えし彼女に、燃ゆる思いを訴えん。彼女こそ荒野に咲く一輪のバラ……

美しき容姿、波打つ髪、彼女こそわが偶像にして、わが存在のすべてなれ。

一目見たら、一日忘れず……

彼女、一度われを捨て去らば、生きながらえて、何かせん。万一彼女を得ば、地上の天国ならん。

古い歌にもあるように、彼女は谷間の百合《ゆり》。暁《あけ》の明星。

彼の手紙は全部が全部、これほどロマンチックではなく、中にはずいぶん露骨なものもあって、それらを読めば、あわれにもローズがこれらの言葉にほだされて、堕落の道を辿っていたことがわかる。結局これは思い切ったことをするのが利口というものだと思い、尻軽を才気煥発《かんぱつ》と取りちがえている、馬鹿な娘だった。

こうして一年が過ぎた。彼女が依然として牧師館に使われているのは不思議だったが、牧師のクリスプさんは善人で、悪に気がつくのはおそいたちだった。それにローズは子供の時から、自分達の手で教育した子だった。こうしてローズは監督の不行届《ふゆきとどき》から堕落し、遂には人に殺されるような羽目になった。

一九〇二年五月三十一日、土曜日の午後、ブルーマーという村の郵便配達は、牧師館に褐色の封筒を届けた。丁度ガードナーの工場でも使っていた封筒で、消印はそれが隣村で投函されたことを示していた。

手紙を受取ったのはクリスプ夫人で、すぐローズへ来たものだとわかった。どっちかというとあまりペンを持ちつけない人のような、ぶきっちょな筆跡だった。すぐ手紙を持って台所へ行ったが、ローズはいなかったので、テーブルの上において来た。

手紙は後でローズの部屋から発見されたが、次のような短いものであった。

いとしきロージィ、十二時頃部屋へ行く。十時に灯を窓へ出し給え。そして十分たったら消し給え。十二時には部屋に灯をつけといてはいけない。裏から廻る。

いくら五月の夜でも、ピースンホールのような村では、夜の九時以後外に出る人は少ない。従って手紙の主は、通りの暗闇に潜むか、家の窓から、灯を見張るほかはない。ウィリアム・ガードナーの家は、少し離れていたが、丁度表の窓から木の間をすかして、ローズの部屋が見えるような位置にあった。

十時、ローズ・ハーセントの寝室にランプがつき、数分後に消えるのが見られた。それからひどい雷雨がやって来た。しのつく雨になり、村の道はぬかるみになった。クリスプ夫人は目を覚まし、母屋と切り離された台所に眠っているローズのことを考えた。

「ちょっとローズを見て来てやりましょうか。おびえてると、かわいそうだわ」と夫に言った。

クリスプ牧師はローズは臆病な娘ではないから、その必要はないだろう、と答えた。しかし夫人は嵐で気が立ったのか、それとも何となく予感がしたのか、眠れなかった。丁度教会の時計が十二時を打つ前、稲妻を眺め、雷鳴に耳を傾けていた。別の物音がした。何かの落ちる音、硝子《ガラス》のわれる音、それから抑えつけたような悲鳴のような音だった、と彼女は後で言っている。しかし無論風雨の中だから、はっきり聞いたわけではない。

遂に雷はやみ、村のさびしい一軒家は、もとの静寂にかえった。

翌朝ローズの父親ハーセントはいつものように、牧師館に牛乳を届けに来た。台所のドアをノックしたが返事がない。多分娘は雷で夜っぴて起きていたため、寝込んでいるのだろうと思い、はげしく叩いた。返事がない。

「しようがない奴だ」

と呟《つぶや》きながら、引き返そうとして、何気なく硝子窓から中をのぞくと、寝室へ上る階段の下に、ローズが倒れているのが見えた。

ウィリアム・ハーセントは急いで玄関に廻り、クリスプ牧師を起した。二人で母屋を通り抜けて、台所へ行った。そして父親は窓からちらと見て心配していたことが、現実であることを知った。ローズ・ハーセントは死んでいた。

ローズは寝衣のままだった。手にランプを持っていて、それを落したらしい。こわれて床に転がり、油が流れ出していた。一つの燭台《しよくだい》が死体のそばに倒れ、少しはなれて一つこわれた薬瓶があった。瓶のはり紙は、少なくとももとは、「ガードナー夫人の子供」のための薬が入っていたことを示していた。床にはほかに一枚の新聞紙が落ちていたが、それは新聞配達をしていたローズの弟が、二、三日前ウィリアム・ガードナーの家に届けたものと同種のものであった。

すぐ医者と警察に急が告げられたが、ローズの死因は、誰の眼にも明瞭だった。喉がひどく切られており、胸には変な形のぎざぎざの傷があった。死後かなり時間がたっているらしかった。

雷雨がすぎたあとの、輝かしい日光にあふれた村は、一つの疑問をめぐって、わき返った。

「誰が、ローズ・ハーセントを殺したか」

そして疑問は今なお答えられていない。

直ちに検視審問が開かれた。多くの証言がなされたが謎は深まるばかりだった。娘が一人以上の恋人を持っていたことは明らかだった。少なくとも二人は、法廷で自らそう言った。例の乾物屋の店員はしかし動かすことの出来ないアリバイを持っていた。彼の行動は殆ど分を追って辿ることが出来、その夜ピースンホールにいなかったことは、疑う余地がなかった。もう一人の恋人についても、同様だった。

警察の疑いは一年前ローズと噂があったウィリアム・ガードナーに向けられ、彼は遂に起訴されることになる。ピースンホールの小さな村だけではなく、近所の町サクスマンダムでも、世論は彼に不利だった。街路でも市場でも、農場でも炉辺でも、事件は論議され、ウィリアム・ガードナーがやったのだと言われた。誰も証拠を握っているわけではなかったが、一年前にあった噂は、やっと実を結ぼうとしていたのである。

世論は別に確固たる証拠にもとづいていたわけではない。しかしピースンホールのような小さな村では、先入見がいかに偏狭で、また強力なものであるかは、誰でも知っている。起訴されれば、いくら証拠が薄弱であろうとも十中八九は有罪になる。ウィリアム・ガードナーの場合もその例を洩れそうになかった。

この不幸な時に当って、ただ一つの輝く例外はガードナーの妻の献身だった。ガードナー夫人は世間で何と言おうとも、夫の無実を信じて疑わなかった。

「あの人は善良な、信心深い人です。子供にはやさしいし、あたしにも忠実でした」と彼女は言った。どんな明白な証拠をつきつけられようと、彼女は夫の罪を信じなかったにちがいない。

裁判は十一月に開かれた。裁判長はグランタム氏、検事ディケンス氏は有名な小説家チャールズ・ディケンスの息子だった。弁護士は後に有名になったE・E・ワイルド氏だったが、事件はさすが彼の手にも余るように見えた。しかし最後には正しい裁判が勝利を占めることになるのである。

検事の論告は峻烈《しゅんれつ》を極めた。一年前の古い噂がまず述べられ、それから事件の夜のガードナーの行動も問題にされた。証人につぐ証人が現われて、彼に不利な証言をした。証言には常人には理解出来ない復讐の快感が含まれているようだった。

バーガスという煉瓦工は、五月三十一日の夜十時頃、ガードナーの家の前で彼に会ったと言った。立話していて、何気なく牧師館の方を見ると、ローズの部屋の窓に火が見えた。従って、もしガードナーもそれに気をつけていたら、無論見たにちがいないという次第である。

モーリスという猟番は、雷雨がやんだ頃、牧師館のそばを通りかかり、泥の上に足跡を見たと言った。台所の入口から出てガードナーの家の前を通る道へ向ったようだった。格子型に条《すじ》がついたゴム製の靴の足跡だったとモーリスは証言したが、ガードナーも丁度そんな靴を持っていたのである。

彼の家を捜索した警察は、血痕のついているナイフを発見していた。前に述べたように、ローズにランデヴーの約束をした手紙が入っていた褐色の封筒は、丁度彼の勤める工場の事務所で使っているものだった。と同時に、どこでも手に入る安物の事務用封筒でもあったのだが。

筆跡ははっきり彼の手だとは立証されなかったが、多くの専門家が彼が書いたものと確信すると言った。

検事はいかにして殺人が行われたかを、次のように説明する。

彼はローズにからみつかれて、やけになっていた。不品行のため彼女がまもなく牧師館をやめさせられるのも知っていた。そうなれば彼女は何を言い出すかわからず、醜聞に輪をかけることになる。ローズと関係があったことを人に知られて、地位と名誉を失うことは、何事を賭《と》しても防がねばならぬ。そして慎重に考えた末、彼女を殺してしまおうと決意する。まず彼女に問題の手紙を送り、宵のうちにナイフを磨《と》いだ。

妻子の眠っている間にこっそり家を抜け出す。

検事は手紙を読んで驚喜するローズの姿を雄弁に描き出した。普段寝室では蠟燭《ろうそく》を使っていたのだが、わざわざ寝室へランプを持って上った。十時にランプに火を入れる。光は夜の中に輝き、ガードナーと友人の煉瓦工によって認められる。約束の十分の後、ローズは灯を消し、寝衣に着換え、ベッドに坐って、秘密の恋人が来るのを待つ。

電光はひらめき、雷鳴は響く。ローズの心は恐怖にとらわれるが、十二時が打ち、入口のドアをそっと叩く音を聞いて、立ち上る。

彼女がランプを持っていたのは、下の台所にそれを返しておかなければならないからである。鑞燭に火をつけて一方の手に持ち、そろそろ木の階段を降りて行く。ドアを開ける。

ところが入って来るのは、彼女を永遠にこの世から消してしまおうと決意した、絶望した男である。言葉はほとんど交わされなかったに違いない。ナイフが閃《ひらめ》き、ローズは悲鳴をあげて、階段の下に倒れる。

犯人に家に火をつけて、死体を焼いてしまおうという考えを与えたのは、この時彼女が石油ランプを持っていたためにちがいないのだが、検事はガードナーがわざわざ家から「ガードナー夫人のお子さん用」とレッテルのついた薬瓶に入れて、パラフィン油を持って来たと主張する。倒れた娘の上にパラフィンをそそぎ、火を放ち、彼は嵐の夜の中へ逃げ去る。火はしかしあわれな娘の寝衣を少し焼いただけで、大事にいたらない。もし瓶にパラフィン油が入っており、新聞紙が火をつけるために持ち込まれたとしたら、これ以上ウィリアム・ガードナーの有罪を証するものはないではないか、と結論して、検事ディケンス氏は席についた。

傍聴の人々は細部まで見事に組立てられた犯罪の全貌に驚嘆した。血痕のついたナイフの発見は特に重視された。ガードナーの隣家の人々は、その夜家の中で人の歩くような音を聞き、次の日の朝早く、洗濯場でガードナー夫妻の姿を見たと言った。この事件ほど小さな村の怨恨《えんこん》が露骨に示された例は珍しいといえよう。

この時、被告人が有罪を宣せられることを疑う者は一人もいなかった。

しかしワイルド弁護士が立ち上ると、事件は全然別の様相を呈しはじめた。弁護側の主な証人はウィリアム・ガードナーの妻であった。

事件の起った五月三十一日から十一月の公判まで、五カ月にわたって、ガードナー夫人の堪え忍んだ屈辱と苦悩は、ピースンホールのような、小さな村に住んだことのない者にはわかるまい。彼女が夫を見捨てたなら、事態はずっとよくなったかもしれないのだ。多くの味方も出来、金銭的な援助も得られたろう。

「かわいそうな奥さんだ。夫が人殺しだったからって、あの人の罪じゃない。子供達だって、助けてあげなくちゃ」ということになったにちがいなかった。どんなに醜聞に苦しんだか、悪い夫の犠牲になっていたか、と言い出せば、彼女はつまり世論と共にあることになる。無数の同情者が集ったに違いなかった。

しかし英雄的な妻はそうはしなかった。全世界に反しても、夫の無実を信じて疑わなかった。無論金はなかった。一番年上の子供は十三になったばかりだったし、弁護士に払う費用のために、四方八方嘆願しなければならなかった。しかも最愛の夫は獄屋にあり、死の影は近づきつつある。

外を歩けば、村人は袖を引き合って囁《ささや》く。

「人殺しの女房が通る。夫の肩を持つんなら、同じ穴のむじななんだ。夫婦揃って悪党なんだ」

判決があるまでは、どんな被告も無罪と見做《みな》されるべきだということは、小さな村では忘れられ勝ちである。

こういう苦労にガードナー夫人は五カ月堪えたわけである。これほどの信頼を寄せられる夫がほんとに、それに値しないだろうか。そしてガードナー夫人は情の深い利発な女なのである。

彼女は証言台に立ち、様々のポイントを明らかにした。彼女は言った。薬瓶はずっと以前子供のために水薬を買った時のものである。その後は樟脳油を入れるのに使っていたが、ローズが風邪で胸が痛いというので与えただけである。新聞も家に配達されたものではない。家のは破ってしまったけれど、六月一日の朝、夫がいつものように読んでいるのを見た。

血のついたナイフは兎の腸《はらわた》を抜くためのもので、事件の日の翌日、兎のシチューをつくるつもりだった。

彼女はさらに夫のゴム裏の靴を法廷に提出したが、それはずいぶん長い間はいた形跡がなかったし、血痕もなかった。そもそも血痕はガードナーのどの着物にもなかったのである。

彼女は事件の夜の物語に入った。ガードナーはたしかに十時頃ちょっと外へ出たが、それは雷雨が来る気配があったから、空を見るためだった。それから寝室へ入ったが、子供達が雷におびえたので、二人は眠ることが出来なかった。隣家の人が家の中を歩き廻るのを聞いたと言うのは、彼女の足音で、夫は寝室を出なかった。一晩中、歯が生えかかって、むずかる子供を抱いていた。

ガードナー夫人は雷雨のため一晩中眠れなかったのだから、夫が家を出たら、気がついたはずだと言った。だから自分は夫が無罪なのを知っているのだ、と彼女は言った。

「これが私のアリバイです」

と弁護士のワイルド氏は誇りをもって言った。弁論では、雷鳴の中に子供を抱く父親の姿を描き出した。

次にガードナーが立った。ローズと関係はなかった、一度通りすがりに呼び止められて、教会の重いドアを閉めるのを助けてやっただけだと言った。二人の若者が立てた噂はいつわりであり、無論合図のランプのことは知らないし、殺人の事実は翌朝はじめて聞いたと誓った。

彼の陳述を裏づける証人が現われた。例えば二人の土地の紳士が、噂は根も葉もないと思うと証言した。何故《なぜ》なら二人の若者がのぞいたという窓からは、教会の内部は見えないからである。

付近の富裕な卵屋の主人は、外出先で雷雨にとじこめられ、翌朝早く牧師館の前を通った。彼は猟番が言うような足跡はなかったと言った。

或るこうじ屋は仕事をする時はゴム裏の靴を使っていた。事件の晩ではないが、何度も牧師館の前を通ったことがある。この証人は、猟番が日を間違えたかもしれないことを暗示するために、呼ばれたものであった。

これらの証言は極めて有利であったが、裁判長は被告に不利に説示をした。陪審員は別室に退いた。やがて再び法廷に現われた陪審員代表は、意見が一致しないと宣言した。

十二人の陪審員のうち、十一人が有罪に投票したが、ただ一人がガードナーの無罪を主張していることがわかった。

この陪審員は勇気のある人物だった。何故なら彼はかなりひどい包囲攻撃を受けなければならなかったからである。裁判長は彼を特に法廷に呼び、時間があたえられれば、意見を変えられるかときいた。彼は答えた。

「変えられません。被告を有罪と確信出来るようなことを、何も聞きませんでした」

法廷で拍手が起った。

これは再審を意味する。ガードナーは拘置所に戻り夫人は再び窮乏に堪えねばならなかった。幸い彼女の英雄的信頼の物語はイギリス中にひろまり、援護金がつのられた。数カ月たった一九〇三年の初め、第二回の公判がイプスウィッチの町で開かれた。弁護人はやはりワイルド氏で、同じ証人が同じ証言を繰り返し、陪審員は退いた。そしてまたもや一致しなかった。

奇妙なことに、今度は十一人が無罪に傾いたが、ただ一人が有罪を主張してゆずらなかったのである。

この時には世論は反対になっていた。ピースンホールの村は依然として有罪説を守っていたが、大きな町の人々は無罪を信じた。法廷におけるガードナーの態度もいい印象を与えたし、夫人の言葉は人々の胸に訴えたのである。

陪審員の意見が再び一致しなかったという報知は、イプスウィッチの町の住民によって、喜びをもって迎えられた。歓喜は内務大臣が公判打ち切りを決定したことによって倍加された。青天白日の身となったウィリアム・ガードナーは妻子の許《もと》へ帰った。

事件は各方面に異常な刺戟を与えていた。「有罪」「無罪」の二者択一ではなく、スコットランドの「証拠不充分」という第三の評決を、イングランドも採用すべきとする意見は、常にこの事件を例に引いている。

ガードナー夫妻はいまわしい思い出のまつわるピースンホールを去った。しばらくして、かねがね事件に興味を持っていた或る牧師が、これは殺人ではなく事故だったと言い出した。

ローズは手紙の主の不明の恋人を、新聞を読みながら待っていた。約束の十二時になったので、新聞を腕に挟み灯のついたランプをかざして降りて行った。パラフィン油の入った薬瓶は、偶然目についていて、持って降りる気になったのであろう。この時代の女の寝衣は、今のように軽くはなく、裾が長かった。階段にさしかかった時、ひどい雷鳴がすれば、娘の足許は乱れたかもしれない。寝衣の裾にからまれて、彼女は転落した。

クリスプ夫人が聞いた悲鳴はこの時ローズが発したものであろう。彼女が落したランプは石の床に落ちてわれた。薬瓶もわれ、パラフィン油に火がついた。しかしローズはその時はあぶないと思うことは出来なかった。彼女は薬瓶の上に落ちかかり、致命傷を負っていたからだ。

彼女の喉と胸の傷が、ぎざぎざの傷であったことが、この解釈を裏づける。ナイフの傷なら、もっと深く、すっぱり切れるはずである。われた硝子なら、ぎざぎざの傷がつく。そして瓶はかなり変なわれ方をしていたのだ。ローズを検死した医者が傷口から、硝子のかけらを探そうとしなかったのが遺憾だ、とこの解釈を立てた牧師は言っている。

解釈はしかしあくまでも解釈であり、事実と関係はないとも言える。ただ遂に疑わしきを罰しなかった裁判は賞讃されてよい。妻の証言がこれほど有力だったのは、決定が十二人の素人に委《ゆだ》ねられたからである。

# 最後の告白

これは実話であるから、推理小説のように隅々まで割り切れてはいない。我々の生涯と同じく、謎は永久に謎のまま残る運命にある。

一八七六年のイギリスはヴィクトリア女王の治世の末期で、賢明な君主が、大英帝国の繁栄のために、人民に課した種々の道徳的制約が次第に硬化して、気取りと偽善に堕そうとしていた頃である。事件は皇太子（後のエドワード七世）のチブスを治癒《ちゆ》した功により、サーの称号を授けられた高名な医師が関係していたため、醜聞となってヨーク州の一田舎町から、全国に拡がらざるを得なかった。

事件にはもう一つのヴィクトリア朝の産物である或る種の婦人の影が差している。コックス夫人は貴族の出であるが、四十近い貧乏な未亡人で、生活の道を求めなければならなかった。見かけは優雅で、声音も柔らかく、礼儀作法を心得ていた。ただこの非の打ち所のない婦人に恥かしくない仕事は、女王の治下ではごく限られていた。

夫人はそこで「淑女のお相手《レディス・コンパニヨン》」となった。これは今では消滅してしまった職業だが、当時の淑女は猫も杓子《しゃくし》も「お相手」を持つ誇りと必要を持っていた。社交の集りへ出る時の、飾りともなれば、煩わしい礼儀作法の時代では、色々実際的な便宜も伴っていた。

コックス夫人の雇主はリカード夫人であった。最近夫に死なれたばかりの若く美しい未亡人である。

フロレンス・リカードは激し易く気紛《きまぐ》れな、メリイ・ウイドー型の婦人であった。十七歳で近衛《このえ》大尉とロマンチックな恋愛の末、結婚した。数年の間、結婚生活は幸福であったが、やがて大尉は彼女を裏切るようになったと、少なくともフロレンスは言っている。その罰でもあるまいが、大尉は彼女に莫大な財産を残して、若くして死んでしまった。

フロレンスが夫と共に住んでいたのは、バーラムである。シャーロック・ホームズの読者にはお馴染《なじみ》の荒地のふちに孤立した田舎町で、そこで彼女は夫の生きていた時と同様、クリケット、テニス、ダンス、ティ・パーティ等々、派手な社交生活を送っていた。

コックス夫人は彼女の気に入った。本来なら隠すべき秘密を夫人に打ち明ける気になったのは、持ち前のロマンチックな気性のせいだったらしい。彼女は三十年上の男と望みのない恋に落ちていた。男とは医師サー・ウィリアム・ガリイにほかならず、荒地の向うで老妻と静かな隠退生活を送っていた。彼の方でも美しい未亡人の慕情に無反応ではいられなかったと言われている。

コックス夫人がフロレンスの告白を聞いて、どういう忠告を与えたかはわからない。とにかく毎年の例で海岸で一夏を過した後、フロレンスはロマンス・グレイの恋人をすっかり忘れて帰って来た。全く違ったタイプの崇拝者に興味を寄せ始めていたのである。

弁護士チャールズ・ブラヴォは若い金持の美男であった。持ち前の激しい気性にも拘《かかわ》らず、若い未亡人の前へ出ると、猫のようにおとなしくなった。すっかり恋の虜《とりこ》になっていたのである。

フロレンスは彼の献身に無関心でいられなくなった。当然ガリイ博士との関係を打ち明けたものかどうかの問題が起って来ることになる。

この時コックス夫人が、将来に暗い影を残さないためにすべてを告白すべきだとすすめたのは、必ずしも高潔な動機からではなかったろうと、事件の記録者は解釈している。新しい結婚によって、夫人がその地位を逐《お》われる可能性が充分あったからである。

チャールズは告白を騎士的な高邁《こうまい》な態度で聞いたという。そしてすぐフロレンスに正式に結婚を申込んだ。しかし彼女が即座に承諾を与えたのではなかったことは、その頃のチャールズに送った次の手紙が証明している。

親愛なチャールズ、よく考えてみましたが、もしあなたがまだあたしの愛がほしいとおっしゃるのなら、あたし達、もう少しお互いを知らなければならないと思います。そして結婚がほんとうに二人に幸福を齎《もたら》すかどうか、確かめなくてはなりませんわ。あなたの態度は高潔でしたし、あなたと一緒になって倖せになれることも疑っておりません。ただ現在の自由を棄てるのには、それが二人の幸福のためになるということを、もっと確かめたいのです。あたしは勿論《もちろん》先生に手紙を差し上げて、二度とお目に掛りませんと言ってやりました。これはあたし達が結婚しようとしまいと、しなければならないことだったのです。あたしは心からあなたの幸福を願い、あなたを尊敬しています。ほんとにいい方なんですもの。この手紙を読んで、お考えになったことを知らせて下さい。

心から　あなたの友達なる

フロレンス・リカード

この手紙にチャールズに対する深い愛情を見出すことはむずかしいのだが、とにかくこの後彼女が、荒地一つ隔てた向うに住むガリイ医師を避けたのは事実である。そしてチャールズはあらゆる障害を突破して、結婚の段取りに漕ぎつける情熱を持っていた。チャールズの両親も結婚を喜んでいた。

この際コックス夫人が取った態度は再び奇怪であった。前にフロレンスに強要して、不必要な告白をさせた彼女が、こんどは花婿に向って、彼の許嫁《いいなずけ》がもとガリイ博士の情婦であったという事実を、その母親に告げるべきだと主張したのである。彼女が何とかしてこの縁談をこわしてしまおうと思っていたことは明らかなようである。

チャールズ・ブラヴォは勿論拒絶した。フロレンスに事件を忘れることを誓ったし、自分自身の秘密より大切に守るつもりだと言った。コックス夫人は戦略を替えた。そして或る日フロレンスは、未来の夫に向って、結婚してもコックス夫人を解雇しないと宣言した。秘密の公開について脅迫があったかもしれないのだが、二人の外国婦人の間の感傷的結合は、多少我々の想像以上に強いことがあるから、それほどコックス夫人に対して苛酷である必要はないかもしれない。

チャールズは依然としてフロレンスに対しては気が弱かった。第三者が新家庭に止《とど》まることを許したばかりか、二人の女の希望によって、バーラムの古い家に住むことまで承知してしまった。ガリィ博士が荒地の向うにいる以上、この処置はまったく妥当ではなかった。

結婚式、蜜月旅行は型通り行われ、新郎新婦は型通り幸福であった。チャールズは富裕だったし、フロレンスも結婚によって遺産を失わなかったから、二人の年間所得は合わせて五千ポンドに上った。ただ新家庭の設計に残されていた禍根は、いつか芽を吹かずにはいなかったのである。

すべてがうまく行ったのは、実に数週間にすぎなかった。やがてチャールズが新しい妻の過去について、怖しく嫉妬するという噂が立ち始めた。或る人はコックス夫人がチャールズの耳に毒を注ぐのだと言った。新郎新婦の幸福を眼《ま》のあたり見て、二人を離間するためにわざわざ彼に過去を思い出させるようなことを囁《ささや》く。フロレンスの行動を見張り、ガリィ医師と会い続けていると告げたが、これは嘘であった。最後には わざわざ医師の家まで出向き、つまらない仄《ほの》めかしや忠告を繰り返すので、医師は彼女に「帰って下さい」という激しい言葉を使わなければならなかったという。

コックス夫人の暗示から出ているにせよ、いないにせよ、嫉妬は若い夫にとって、堪え難い苦痛であった。そして結婚三カ月後の彼の行動について、後で人々の話を綜合すると、彼が半ば狂っていたのは確実のようである。

彼は妻にガリィ医師の家の前を一緒に歩くことを強要した。門の前を行ったり来たりしながら、絶えずこんな質問を繰り返したそうである。

「誰も見ていないか」

「窓のカーテンが動くのが見えなかったのか」

いくらフロレンスが何も見えない、窓のところに博士はいなかったと言っても、信じようとしない。

さらにいけないのは、チャールズが金のことをうるさく言い出したことである。フロレンスが乗馬を持つことも、コックス夫人を家政婦に雇っておくのも無駄だと言った。

フロレンスも病気になってしまった。彼女はこの二度目の結婚が失敗であったと固く信じて、海岸へ逃げ出して行った。留守の間にチャールズはコックス夫人追い出しの努力をしてみた。夫人は西印度諸島に親類があり、チャールズの父親は船会社の株を持っていて、ジャマイカまで船賃はただになるはずであった。しかしコックス夫人は動かなかった。

別れていれば、心もやわらぐ。チャールズは愛情のこもった手紙を書き、フロレンスも同じような手紙で答えた。しかしバーラムの家へ帰って来ると、同じいさかいがぶり返した。一八七六年の三月まで、状態は悪くなる一方だった。チャールズは依然としてコックス夫人を追い出そうと思いながら決断力を欠き、妻を愛しながら信ぜず、彼女の行動から出来るだけ目を離すまいとした。要するに彼は家の中で、二人の女にとって、あらゆる点で不愉快な存在になって行った。

四月十七日の火曜日の朝、彼は妻にいつものように馬車で事務所まで送って来ることを命じた。御者は後の座席でこれまでにない激しい夫婦喧嘩が起るのを聞いた。チャールズは地獄はもう沢山だ、別れようと言った。フロレンスは夫をなだめようと努力した。ガリィ博士とのことは結婚する前に告白し、彼はそのことに触れないと約束したではないか。それから博士に会っていない。不幸ではあるが、貞淑な妻のつもりだと言った。彼女も夫に負けず興奮していた。

チャールズは突然疑ったのは悪かった。あなたは天使だ、自分には過ぎたものだ、別れることなんて出来ない。許してくれるなら、接吻してくれと言った。

それまでチャールズが吐いた言葉はあまりひどかったから、フロレンスが拒絶したのも無理もないと言われている。争いは事務所の前まで続き、チャールズが最後に、

「今接吻しないなら、今夜帰ってから何をするかわかんないぞ」

と叫ぶのを、御者は聞いた。遂にフロレンスは服従し、二人は仲好く別れた。チャールズはその日普通に事務を取り、共同経営者も書記も何の異常も認めなかった。

フロレンスは家に帰ると、コックス夫人の腕の中で泣き崩れ、一部始終を物語った。たしかにチャールズがコックス夫人を嫌う理由の一つは、フロレンスが自分の言うことを一言一言、夫人に伝える習慣を持っていることであった。

事務所からの帰途は、馬車ではなく、馬を飛ばして荒地を横断するのが常である。チャールズは卓《すぐ》れた乗り手であったが、この日少し乱暴に御したらしく、いつになく落馬した。しかし大した怪我もなく、少しもとの神経痛がぶり返したように感じただけで、いつものように夜の正装に着替えて、食堂に現われた。

晩餐はスープ、魚、アントレ、冷肉、甘味と続き、正式なものであった。そして二人の婦人も盛装していた。コックス夫人はチャールズとの間に争いが持ち上らない限り、家族の一員として、晩餐の席に就くのを許されていた。

食事中家を蔽《おお》った暗雲も遂に晴れたように見えた。会話は気持よく続けられ、チャールズは葡萄酒、フロレンスとコックス夫人はシェリイを飲んだ。

デザートが終ると、フロレンスは頭が痛いと言って部屋へ引き取った。コックス夫人も席を立った。チャールズだけ暫《しばら》く葡萄酒を飲み、葉巻をふかしていた。この日彼はたしかに疲れていた。そして落馬から再発した神経痛が辛いらしく、早目に寝室へ上って行った。

寝室はフロレンスの部屋の隣りで、間にドアがある。数分経って、家の別のはずれにいたコックス夫人と召使達は、チャールズが大声で助けを呼ぶのを聞いた。彼は床に倒れてうめいていた。コックス夫人はフロレンスの部屋へ駆け込んだが、フロレンスはぐっすり眠っていて、起すのに骨が折れた。頭痛を癒すために薬を飲んだらしかった。しかしチャールズが病気だと聞くと、彼女はすぐはね起き、部屋着を引っかけて、夫の傍《そば》へ走り寄った。

チャールズがひどく苦しげなので、フロレンスは気が顚倒《てんとう》したらしい。医者を一人呼んだだけでは満足せず、あとからあとから三人まで呼びにやった。全部揃っても、まだほかの医者の意見を聞きたがった。医者の一人が信用ある医者に立会って貰うのがいいと言った。フロレンスはすぐガリイ博士を指名した。前述のように博士は当時一流の名医である。

翌朝早く博士は到着した。三人の医者の意見では、患者は何も言わないけれど、病気が何か毒物の中毒であることも間違いなかった。死の苦しみの裡《うち》にありながら、チャールズの意識ははっきりしていた。博士はベッドに歩みより、

「ブラヴォさん、毒を飲みましたね」と言った。

「そうです。自分で飲んだんです」とチャールズは答えた。

「何をお飲みになったんですか」

「阿片です。神経痛を鎮めるために飲みました」

ガリイ博士は厳粛に言った。

「あなたは阿片のために苦しんでいるのではありません。全然別の薬です。なぜ、どうして飲んだか、おっしゃって下さい。あなたは死ぬかもしれない。そして死ねば、無実の人が疑われるかも知れないのです」

チャールズ・ブラヴォは重態だった。質問の意味は取れなかったのもあり得ることである。或いは何を飲んだか思い出せなかったのかも知れなかった。とにかく彼は弱々しく頭を振り、あえぎながら、

「阿片を飲んだだけです」と繰り返した。

これらの言葉はどれも後日問題となったものである。

病人は悪くなる一方であった。母親に迎えが出された。母親は無論結婚生活がうま

く行かないのをフロレンスのせいだと考えていたから、姑《しゅうとめ》と嫁の仲はうまく行っていなかった。チャールズは自分がどんなにフロレンスを愛していたか、彼女の方でもどんなに彼に尽してくれたかを語り、自分が死んだ後は過去のいやな感情を忘れて、フロレンスの相談相手になってやって下さいと母親に頼んだ。

最後にもう一度、ガリイ博士は毒薬のことを訊いた。

「あなたは死ぬんです」と名医はきっぱり言った。「まだ真実を言う暇がある。阿片に何を混ぜたか、言って下さい」

言葉は博士が後に証言したところに拠っている。額に臨終の汗を出したチャールズ・ブラヴォの声は低かったが、明瞭であった。

「神に誓って、阿片だけでした」

妻の手を握りしめながら、彼は死んだ。

死後検診の結果は死因がアンチモニイの多量嚥下《えんか》であることを明らかにした。食時中、或いは食後一人で坐っている間に、飲んだ葡萄酒の中にあったことも、ほぼ確実であった。

フロレンスが失神し、ベッドに横たわっている間に、家中大騒ぎになった。チャールズの父親は自ら息子の持物に全部封印して廻ったからである。彼の意見ではチャールズは毒を盛られたのであり、犯人は家の中にいる。だから警官が来るまで、全部そのままにしておかねばならぬ、のであった。

厳密にいえば彼には封印する権利はなかったが、息子の死の原因をはっきりさせるのを目的とした行為に対し、フロレンスが抗議したことは少し了解し難い。彼女は手紙で父親の無礼をなじり、家へ来てくれるなと書いた。

采配《さいはい》を振っているのはコックス夫人だった。彼女は検視官に手紙を書き、検視審問を家でやって貰いたい、飲み物はお出しします、と申し出た。この後の方の言い草は後で非難の的となったものだが、こういう場合取るべき処置について、途方に暮れた馬鹿な女の言葉として、見逃してもいいだろう。

検視審問は家で行われたが、手続はいい加減のものであった。医師もコックス夫人も証言を変えなかったのに、死因不明の評決がされ、埋葬書が発行された。それがコックス夫人の出した飲み物がうまかったせいか、どうかは不明である。

しかし事件はそれだけではすまなかった。とにかく葬式だけは済ませたが、チャールズの父親その他友人達は早速再検視の可能性を論じ出した。これはイギリスの法律では異例の手続であるから、成功はおぼつかなかったのだが、陪審員の中に自分は揉《もみ》消《け》しに反対だった、請求した証人が来なかったという者が出て来た。遂に内務省に再検視の請願が提出された。南部地方検視官ウィリアム・カーター氏（前の検視官ではない）は七月十一日バーラムのベッドフォード・ホテルで事件の審理に乗り出した。

　こういう場合のイギリスやアメリカの法的手続は独特のものであるから、少し説明を加える必要があるだろう。日本はじめ大抵の国では、死因に疑いがある時、決定するのは警察医であるが、イギリスは、十二人以上二十三人までの陪審員で構成される検視審問《インケスト》が開かれ、証人が喚問され、死因を評決する。他殺の場合訴追さるべき特定の人物の指名までする。つまり警察の行う捜査の一部を担当するわけであるから、警察における拷問問題は起り得ない。（この手続は大陪審と呼ばれた。戦後は、本裁判で、十二人の陪審員――これを小陪審と呼ぶ――によって再び評決を取るのは煩雑であること、事件輻湊《ふくそう》を理由に廃止された）

　最初のうち事件はあまりセンセーショナルな進展を見せなかった。チャールズの友人達は交々《こもごも》立って、故人が大変陽気なたちで、家庭の不満を洩らしたことはなかったと述べた。これは無論自殺の可能性を否定しようとする証言である。召使達の証言も同じ線に沿ったものであったが、家庭の不和は重大なものではなかったという点で、フロレンスにも有利であった。

そのうちコックス夫人の姿が前面に押し出されて来た。彼女が夫婦の間に不和の種を播《ま》き、チャールズがおそかれ早かれ、彼女を追い出してしまうのは必至の形勢にあったことが明らかにされた。つまり彼女はチャールズを亡き者にする動機を持った唯一人の人間ということになった。

傍聴人の間における彼女の不人気も手伝って、彼女は自分に対する嫌疑がだんだん根拠を得つつあるような錯覚に囚《とら》われ、少し頭が変になったらしい。

突然陳述を要求し、それが許されると、眼を落して、低い囁くような声で、フロレンスの結婚前のガリィ博士との不倫な関係について述べ始めた。そして最後に、フロレンスが或る時打ち明けたところによると、博士は妻が死亡した場合、フロレンスと結婚する約束をしたと付け加えた。

これは明らかに事件とは何の関係もないことであった。夫人はガリィ博士が毒殺に協力したと言ったわけではなかったが、検視法廷はスキャンダルを取り上げ追及し始めた。フロレンスは言った。

「質問にはお答え出来ません、これだけ苦しめばたくさんです。我慢が出来ません。検視官と陪審員の皆様、せめて一人のイギリス人として、あたしを保護して戴《いただ》きたいと思います」

無駄だった。彼女は結局公衆の前で夫との古い諍《いさか》いの詳細を繰り返さなければならなかった。訊問がいかに不適切であったかは、次の例でもわかる。

「コックス夫人に対して、この裁判が始まる前と、同じ好意を持っていますか」

フロレンスは己れを押えて答えた。

「お友達だと思っていました。しかしこの苦しい質問の大部分を、あたしが受けないようにしてくれることを、あの方には出来たと思います」

もっと馬鹿げていたのは、ガリイ博士が以前使っていた御者の証言だった。彼は「或る時」博士の言いつけで病気の馬の治療のためとかで、二オンスのアンチモニイを買ったことがあったと言った。訊問はしかし馬はたしかに快癒し、アンチモニイの残りは焼き棄てられたことを明らかにした。

遂にガリイ博士が法廷に現われるに至って、興奮は絶頂に達した。彼はきっぱりと、妻が生存している以上、フロレンス・ブラヴォとの間に結婚の問題はあり得ない。従ってチャールズを亡き者にしても何にもならないと言った。

「リカード夫人の再婚以来、私はどんな種類の交渉も持ったことはないのです」

彼は五度コックス夫人と会ったが、（どんな用件かは明らかでない）好ましい婦人ではなかったので、召使に彼女を取次ぐなと命令したと付け加えた。

もう一つの無意味な質問が発せられた。

「あなたはブラヴォ夫人があなたのために結婚の前に名誉を捨てた（これがイギリス流の言い廻しである）ことを知っておられる。それなのに彼女の付近に住んでいたのはなぜですか。あなたの存在が彼女の夫にとって苦痛であるのはわかっていたはずです」

ガリイ博士は答えた。

「ブラヴォ氏のことを考えたことはありません。彼は私と後に彼の妻となった婦人との間に入って来た。しかし私は彼に何の怨みも持っていませんでした。コックス夫人は或る時、バーラムから立ちのいたほうがお楽じゃありませんかと言ったことがあります。しかしブラヴォ氏が嫉妬するからとは申しませんでした。彼が私を見たことがあるかどうかは存じませんが、私の記憶では、私は彼を見たことはありません」

検視官は要約し、陪審員は三時間協議した末、かなり突飛な評決を持って現われた。

「我々はチャールズ・ドローニイ・ターナー・ブラヴォの死が自殺ではないこと、また過失死でもないこと、アンチモニイによって謀殺されたことを認めます。しかし罪を誰かに帰すべき充分なる証拠はありません」

チャールズの父親はアンチモニイの出所について五百ポンド、警察は犯人の有罪を証する証拠に対して、二百五十ポンドの賞金を出したが無駄だった。

秘密は遂に永久に解かれずに終ったのである。秘密を解くために手段を選ばず、罪人製造に憂身《うきみ》をやつす警察もあるけれど、無実の人を殺すより秘密を秘密のままほうむる方を選ぶのが、イギリスの陪審員の特性のようである。

一年後にフロレンス・ブラヴォが「悲劇的な」死を遂げたと記録者は付け加えている。悲劇の内容について、何の暗示のないのもイギリス流だが、疑い深い日本の警察なら、フロレンスの前の夫の死因も、ついでに追及されたかもしれない。

# 黒い眼の男

一八五七年七月九日、マドレーヌ・スミスは「証拠不充分」の評決を得て、エジンバラの高等裁判所を出た。裁判は九日続き、イギリス中にセンセーションを起していた。被告は二十一歳の美女であり、父親はグラスゴーの富裕な商人であった。

英仏海峡のフランスに近いジャージー島生れの、ピエル・エミール・ラングリアは、一八四八年にパリへ行き、革命に参加した経験があるということだったが、一八五五年にはグラスゴーのあまりぱっとしない倉庫会社の書記にすぎなかった。マドレーヌは彼を愛し、夥《おびただ》しい手紙が書かれた。三月二十三日の朝二時、下宿に帰ったラングリアは、胃痛を訴え、盛んに吐いた。夜が明けてから下宿の主婦ジェンキンス夫人は医師を呼びに行った。帰って見るとラングリアは寝床の中で冷たくなっていた。

彼の胃から砒《ひ》素《そ》の致死量が検出された。それまでに二度、ラングリアは外出から帰って、吐いたことがあった。「ミミ（マドレーヌの愛称）がくれるココアがよくないような気がする」と彼は言った。「しかし毒を入れたのがミミだとしても、ぼくは彼女を責めないよ」と彼は付け加えた。

マドレーヌは地位と財産のある別の男と婚約中で、恋文の返還を要求していた。ラングリアは父親にならず渡してもいいと答えていた。その間マドレーヌが町の薬屋で、鼠を取るためと称して砒素を買っていたことが明らかにされた。

イギリスの世論は三つに分れていた。第一は彼女が有利な結婚をするために、貧しい恋人を毒殺した悪魔のような女だという意見。第二はラングリアを毒殺したところで、手紙が残っている以上、醜聞を明るみに出す以外なんの効果もない。ラングリアは自殺したのだという意見。第三の人達は、マドレーヌは有罪かもしれないが、相手はまったく殺されても仕方がない奴だった、と考えた。

スコットランドの法廷は「無罪」「有罪」のほかに「証拠不充分」の評決を採用している。陪審員の二人は有罪に投票し、残り十人の心証も有罪に傾いていたということである。ただ問題の三月二十二日にマドレーヌがラングリアに会ったことは立証されていなかった。彼等は法廷のルールに従うのを、陪審員の義務と考えた。

イギリスの裁判史上、古典的と呼んでもいい事件である。幾多の報告、記録、裁判実記が残されているが、事件は筆者の主観によって彩られずにはいない。

或る人はラングリアが打算的な誘惑者であり、良家の子女と有利な結婚をすることのほか念頭になかったと考えた。ロマンチックなミミは手紙の中でラングリアを

「夫」と呼んでいた。駆落《かけおち》する気もあったのだが、ラングリアは父親に承認された、つまり持参金つきの結婚を主張した。マドレーヌは遂に男を見抜き、父親のすすめる候補者に手を与える気になったのだと解釈する。

他の記録者はロマンチシズムはラングリアの側にあり、その名前と生地《せいち》が示すように、イギリス人よりはフランス人に近い奴だった、ただ女が思いきれなかったのだと主張する。

「毒を盛ったのがミミであっても、彼女を責めないと洩らしていたではないか。彼が手紙を返さなかったのは、女を離したくなかったからだ。マドレーヌが砒素を盛ったのでないとすれば、ラングリアは絶望のあまり自殺したのである。その結果ミミの手紙が法廷で読まれるようになったのは天罰である」

マドレーヌとラングリアが、典型的な美男美女のカップルであったことは疑いない。或る者はラングリアの「黒い眼」を誇張しているが、別の記録には彼の眼について、なんの記載もない。「黒い、うるみ勝ちな、大きな眼」の持主とされているのは、むしろマドレーヌである。

真実は無論永久に謎のまま残ったのだが、これほど様々の解釈と潤色の対象となった事件そのものは、人間について、暗示に富む詳細を持っているのである。

マドレーヌ・スミスは二人の弟と二人の妹の姉で、十九歳で学校を出ると、すぐ母を助けて、家事を見はじめた。美しく、活潑ではきはきした娘だったから、家柄にふさわしい立派な結婚をするものと思われていた。

貧しい倉庫掛のラングリアが対等に交際出来る娘ではなかったのだが、共通の友人にしつこく頼んで、到頭路上で紹介してもらうことに成功した。妹のベッシイが一緒だったが、ベッシイはまもなくラングリアから姉に宛てた最初の手紙を受け取ることになる。

父のスミス氏は無論マドレーヌが、彼の知らない男と町を歩くのをきらい、交際は禁じられた。しかし、これはむしろ若者同士に人眼を忍んで会うことをすすめるような結果になることが多い。

スミス家はクライド川の上流の別荘で夏を過すのが例だった。ラングリアは夜やって来た。二人が肉体の関係を持つようになるのは、やっと次の年の夏だが、数カ月前からマドレーヌの手紙は、ラングリアを「愛する夫」と呼び、「愛される喜び」に触れている。

マドレーヌの事件が、多くの実話作者の興味を惹《ひ》いて来たのは、たしかに彼女の手紙が豊富に残っているからである。そしてマドレーヌはこの時代としてはめずらしい率直さを持っていた。（時代を超えた率直さと言ってもいいだろう。性的偏見が減少したはずの現代の恋人達の表現が、むしろ気取りと粉飾に満ちていることもあるからだ）

「もう寝なければなりません。だって寒くなって来たんですもの。お寝《やす》みなさい。あなたのそばで寝られたら、どんなにいいでしょう。気分もよくなるし、幸福だと思います。いっしょにいたら、きっと愛してもらいたくなるわ。あなたがいやだって言うはずはない。あなたのミミを愛するのが好きなのを、あたし知ってるのよ」

「エミール、昨夜は愛してあげなかったから、御機嫌が悪かったわね。だってあなたはいつか、結婚するまで、もうしないって、言ったじゃない？　その時あたし、自分に言いきかせたの。そうだ、あたしもエミールにこれをさせるのはよそうって。あなたに愛してもらえないのは、あたしにも苦しみだわ。だってあれはいいんですもの。そうじゃないなんて言える人、いるかしら。それが人間の天性じゃないかしら。愛する人は、みんな同じ気持じゃないかしら。――そうにきまっています」

裁判長はその説示の中で、次のように言っている。

「彼女の手紙は同じ破廉恥な、淫猥《いんわい》な言葉で、相当の間続いています。（略）少女は自己の行為を是認しています。私がここで読み上げるのを差し控える一つの手紙は、おそらく一組の男性と女性の間に行われる行為について、かつて紙上に記されることはなかった種類のものです。行為は明らかに野外で行われました。そして彼女は彼の行為と共に、自分の行為も記しているのです」

この説示は露骨に時代の通念をあらわしたものだが、同時にマドレーヌの無罪を暗示していないことはない。彼女の率直さは手紙だけではなく、裁判の全過程を通じて示された。

秋になると、もう新しい男が、マドレーヌの前に現われている。ミノッチ氏が彼女に示した関心の性質は、誰の眼にも明らかなものだった。ラングリアはひどく嫉妬した。

「ミノッチさんはそんなに好きじゃないと前に書きました。でもあんまり親切なので感謝しないわけにいきません」とマドレーヌは書いている。「パパはあの人が気に入ったようですから、しげしげお招きすることになると思います」

多分彼女はラングリアがいずれ知ることについては、率直に知らせるという政策を取ったのだろう。二週間の後、手紙の調子は冷たくなる。

「昨夜は変な会い方をしました。あなたはどうかしていたわ。もとみたいに愛してくれなくっても、不思議でもなんでもない。きっとあたしにその値打がないんでしょう。あたしなんかよりいい奥さんが見つかると思います。（略）部屋へ来てもらえないと言うのを忘れました。一階のベッシイの部屋の隣りになったんです」

ラングリアが愛してくれないことを指摘することによって、彼自身そう思うようになることをマドレーヌが望んだかどうか、たしかではない。しかし一家が十一月にグラスゴーに帰ってからも、彼女は手紙の中でラングリアを「あたしのたった一人の愛する夫」と呼び「奥さんになりたい」と書いている。

十二月、彼女はまだ恋人に写真を送り、結婚の希望を表明し続けたのだが、年が改った一月二十八日、ミノッチの結婚申込に、正式の受諾を与えている。

女中のクスチナが恋人の仲立をしていた。この頃少なくとも一度、台所の戸を開け、恋人達のために女中部屋を提供したことがあった。一月の終りから、マドレーヌの手紙は、二人の結婚を美しい不可能事と呼ぶのを好むようになった。

「辛いけど、あたしの幸福の実現のチャンスはないとあきらめました。でもあなたに話さなければなりません。あなたの胸に抱かれて、キスしてほしいの。（略）明日の晩来てちょうだい。十時まではジャネットが眠らないから駄目。音を立てないように気をつけて」

ジャネットは末の妹で、マドレーヌと同じ部屋に寝ていたのである。しかしこの頃からラングリアは時々手紙を突き返すことがあった。有利な結婚の可能性が出来た良家の娘が、貧しい恋人を振り離そうとする過程を、手紙は奇妙な率直さで示しているから、ラングリアの態度もうなずけないことはない。彼はマドレーヌを脅迫し始める。「手紙受け取りました。どうかもう一度会うまで、なにもしないで下さい。一度愛したミミに、恥をかかすようなことはしないで。あたし、うそを言っていたの。ママにもうそついていたわ……ママがあたし達の婚約を知っていると言ったのは、うそだったの。パパにも誰にも、手紙なんか出さないで」「お父さんが怒ったら、あたし殺されちゃうわ。あなたはパパがどんなに癇癪《かんしゃく》持ちか、知らないのよ」「庭の門を開けとくから、来てちょうだい。十二時に窓まで出て行きます」「この前書いた四つのつめたい手紙を返して下さい。かわりにいいのをあげます」

ラングリアは返さなかったらしい。マドレーヌは次から次へと、熱烈な手紙を書き続けるほかはなかった。

二月の中旬の或る日、マドレーヌは家で使っている少年に、青酸加里を買いにやらせた。手を白くするためだと彼女は言った。薬屋は拒絶した。少年が帰ってその旨を伝えると、彼女は「あら、ほんと」と言っただけだった。

この事実を裁判長が説示の中で指摘しなかったのは、マドレーヌにとって幸運だったと言われている。検察側もあまり注意しなかったらしい。とにかく彼女は青酸加里を手に入れることは出来なかったのだから。

二月十七日火曜日、ラングリアは二人の恋人のセンチメンタルなシンパ、ミス・ペリイと夕食を共にした。彼はその時十九日にマドレーヌに会う約束だと言った。十四日付の彼女の手紙は、会いたいから十九日までに返事をくれ、その時に時間を知らせると書いている。

二十日の夜、主婦のジェンキンス夫人は、寝室の床を匍《は》い廻っているラングリアを見た。前の晩おそく帰る途中、胃が痛くなったのだと言った。しかし彼は医者のところへ行き、午後にはよくなっていた。

これはその後二度彼を襲った胃痛の最初のものであった。前夜、彼がどこへ行ったかはわかっていない。

二月二十一日土曜日、マドレーヌはマドック薬局に行き、砒素を買った。薬局方《ほう》に定められた通り、少量の油煙を混ぜたものだった。三日後マドレーヌがまた来て、砒素は白い薬なのではないかと訊いた。薬局では法律によって色をつけることを要求されていると答えた。

二十二日日曜日の夜、ラングリアは二度目の発作を起した。その後マドレーヌと会ったことは立証されていない。朝の四時頃主婦は自分を呼ぶ声で眼をさました。三日前と同じように、ラングリアは緑色のものを吐いていた。午後になって医者が呼ばれ、投薬して帰った。ラングリアが再び勤めに出るまでには一週間かかった。この間にマドレーヌと会った証拠はない。

三月六日、マドレーヌは薬局で、また砒素を買った。マリイ・バッチャマンという友達がいっしょだった。なんに使うのという質問に対して、鼠を捕るためだと答えた。「店を出る時、若い女が砒素を買うなんておかしいわね、ってあたし言っちゃいました。マドレーヌは黙って笑ってました」とマリイは言っている。

三月四日付の手紙で、マドレーヌはラングリアに保養のためライト島へ行ってはどうかとすすめていた。ライト島は英仏海峡に面した島である。

「医者はアラン・ブリッジに行ったらいいと言う。ライト島まで五百マイルも旅行出来やしない。そんなに遠く南の方へ追っ払おうという、君の目的は何だ」とラングリアは書いている。

彼の留守の間に、ミノッチ氏との婚約を正式のものにして、煩《うるさ》い恋人に口を挿《はさ》む余地のないようにするのが、マドレーヌの目的だったのかもしれない。ラングリアは前から婚約について疑い深かった。マドレーヌはなだめすかすような手紙を二通書く。ラングリアが「医者にすすめられた」というアラン・ブリッジは、北スコットランドのスタリング近くの観光地で、マドレーヌの家族も十七日までそこにいた。ラングリアも十九日に休暇を取り、同じ場所へ出かけた。彼が家を出たすぐ後で、一通の手紙が来て、アラン・ブリッジに転送された。ラングリアは二十日付で、ミス・ペリイに書いた。「ほんとうは昨夜或る人に会わなければならなかったんですが、手紙がおそく着いたので、だめでした」

この手紙は封筒しか残っていない。二十一日付のマドレーヌの手紙。

「いとしい人、どうして会いに来てくれないの。病気はよくなった？　いくら待っても来ないなんて、ひどいわ。明日来てちょうだい。いつもの時間、いつもの通りに待ってるわ。きっと来てね、大好きな人。来て抱いてちょうだい。とにかく来てくれさえすればいいのよ。では、さようなら、キスを送ります」

手紙は九時から十一時半の間に投函され、ラングリアの下宿には十二時半に着いた。スタリングのラングリアの手に届いたのが二十二日の朝九時、夕方には彼はグラスゴーに帰っていた。転送された手紙の用で帰って来たのだと下宿の主婦に言った。身体《からだ》

はほとんどなおったようだった。九時頃外出する時、

「合鍵をくれませんか。おそくなるかもしれないから」と言った。

「あたしがその次に会ったのは、翌朝の二時半頃でした」と主婦は証言している。

「彼は合鍵を使いませんでした。ベルがはげしく鳴ったので、誰ですと声をかけると、僕ですよ、開けて下さいと言いました。戸を開けると、腕で胃をかかえて、立っていました。そして、とても痛い。また例の奴を吐きそうです、と言いました」

実際ラングリアは前の二回より、ずっとひどく吐いた。主婦は医者を呼ぼうと言ったが、ラングリアは夜中だからと言って断わった。しかしあんまり苦しそうなので、五時頃、主婦はスティーヴン医師を呼びに行った。生憎《あいにく》医師も病気で来られなかったが、少量の阿片を摂《と》り、カラシ湿布をすることをすすめた。ラングリアは薬も湿布も断わった。

七時、主婦はまた医師のところへ行った。こんど度は来てモルヒネを打った。明らかに患者は重態だった。毛布を増やし、湯たんぽを入れた。

十一時、医師はもう一度見舞った。主婦は、病人は少し静かになったと言った。病室に入って、医師はラングリアが死んでいるのを見た。窓に背を向け、膝を少し曲げた、眠っているような姿勢だった。

昼過ぎ、スティーヴン医師は、前の発作の時診察したトムスン医師と相談の結果、検視を経ないでは、死亡証明書は書けないということに、意見の一致を見た。検視したフレデリック医師は、砒素による中毒死と決定した。

こうして第一の発作の日は別としても、二月二十二日と三月二十二日、二回の重要な日付があることになる。両方とも日曜日だった。ただその日ラングリアがマドレーヌに会ったという証拠は一つもなかった。弁護人は無論この点を強調した。

「陪審員の皆さま、二月二十二日と三月二十二日に会見が行われたということが立証されないかぎり、被告が毒を飲ませる、或いは飲ませようとする機会もなかったわけです」

二月二十二日の夜、主婦のジェンキンス夫人は、ラングリアがいつ出掛けたかも知らなかった。

「ラングリアは翌朝苦しんでいるのを見られただけです。苦しみながら家へ帰ったのではありません。一体家に帰ったという証拠もなければ、そもそも出掛けたかどうかも怪しいもんです。わかっているのは、朝の四時か五時には、工合が悪かったということだけです」

この点について、検察側の提出した証拠は、水曜日付でグラスゴーで投函されたマドレーヌの手紙だけだった。「日曜の夜も月曜の朝も、加減が悪そうだったわね」検事はこれが二月二十五日に書かれ、二十二日の発作を指しているのだと主張したが、封筒の日付はかすれて、読めなかった。弁護側はいつの水曜日でもいいわけだと言った。

ミス・ペリイは三月九日にラングリアとお茶を飲んだことがあった。(つまり第二の発作と第三の発作の間である)彼はその時、「なぜ彼女が入れたコーヒーやチョコレートを飲むと、胃が痛くなるのかなあ」と言った、とペリイは証言した。この日は二度も「彼女」の話が出たので、マドレーヌを指すのには間違いはないと言った。「ラングリアはまた言ったそうである。「どうしてあの人がこんなに好きなのか、わからないよ。毒を盛ったのが彼女だとしても、責める気はしない」しかしイギリスの法廷では、この種の証言は無価値である。

三月二十二日、ラングリアが一旦出掛けたことは疑いない。合鍵を要求したから、恋人に会いに行くのだろうと、主婦は判断している。しかしこの証言は、二月二十二日に関しては、被告に有利になるのである。その晩ラングリアは鍵をくれと言わなかったからだ。こんな風に検察側の証拠に喰い違いがあったことが、マドレーヌを「証拠不充分」にするのに役立った。

三月二十二日彼が鍵を持って出たにしても、マドレーヌに会ったということにはならない。マドレーヌの陳述は簡単だった。

「日曜日の晩、あたしは十一時頃寝床に入り、次の朝いつもの通り八時か九時に起きました」

彼女と同じ部屋に寝ていた末の妹のジャネットが、これを確認した。検事の反対訊問に答えて、彼女は言った。

「姉さんが食堂でココアを飲んでいるのを見たことがあります。誰にすすめられたのか知りません。うちでほかには誰も飲みません。粉は部屋においてありますが、食堂でいれるんです」

ラングリアは九時頃、下宿を出ていた。顔見知りのガロウェイという小男は、その晩マドレーヌの家があるブリスウッド・スケアまで四、五分の地点を、彼がそっちへゆっくり歩いて行くのを見た。

同じく四、五分の距離のテラス・ストリートにある下宿屋の女中マリ・トウィードルは、九時二十分頃、ラングリアが下宿人のマカレスターを訪ねて来た、しかし留守だと言うとすぐ帰ったと言った。

付近の受持巡査トマス・カヴァンは、彼が度々マドレーヌの家の塀の外を歩いているのを見たことがある、しかし三月二十二日には見なかったと証言した。

こうして九時二十分から、夜半の二時半までの間に、ラングリアがどこで何をしていたかは、誰にもわからなかった。たしかなのは、彼がその間に大量の砒素を嚥下《えんか》したことだけだった。

マドレーヌはラングリアを片づけてしまいたい理由を持っていたし、その機会をつかむことも出来た。彼女が砒素を買ったことは弁護側も否定しなかった。(鼠を捕ると言ったのはうそで、顔や手を洗うためだと彼女は言った。友達にうそをついたのは、そういう変な化粧法をしていることを知られたくなかったからだという。一八八九年に夫を毒殺した嫌疑を受けたメイブリック夫人も、同じ言い訳をしている) しかしそんな大量の砒素を、疑われずに飲ませることが出来たかどうかという疑問が残った。ミス・ペリイの証言によれば、ラングリアは前からマドレーヌを疑い出していた。

これが事件の最大の難点であった。弁護側が自殺を主張する根拠もここにあった。砒素のような苦しい手段を用いて、幾度も自殺を試みるのはありそうもないことにはちがいない。しかし彼がマドレーヌが砒素を使っているのを知っていたら、それで自殺することにより、復讐しようとしたと考えられると主張した。

しかしこの場合、彼が死にぎわに彼女の名を言わなかったのは変である。警察はグラスゴー付近の薬屋を全部調べたが、砒素を買ったのはマドレーヌのほかにはなかった。

問題の朝、彼は下宿の主婦にミス・ペリイを呼んでくれと頼んだ事実も明らかにされた。彼女が来た時、彼はもう死んでいた。彼が前の晩の秘密を打ち明ける気だったのは、あり得ることである。しかし彼はあまりに急ぐ様子はなかった。

「ひと寝入りすれば、少しはよくなると思いますよ」

これが彼の最後の言葉になったわけだが、してみれば、自分が死ぬとは考えていなかったことになる。これは自殺説に対する重大な反証である。

ミス・ペリイが次に取った行動は奇妙であった。彼女はマドレーヌの家へ行き、母親のスミス夫人に会いたいと言った。

「ラングリアが死んだことを告げに行ったのです。マドレーヌにも会いましたけれど、言いませんでした。ママは応接間にいるわよ、と彼女は言い、なにかあったの、と訊きました。あたしは、ママに会って、お知合いになりたいだけよ、と答えました」

これが彼女の証言である。マドレーヌの母親が報《しら》せにどういう反応を示したかは追及されていない。一体この裁判では、スミス一家はよく庇護《ひご》されていた。家族で証言台に立ったのは、幼いジャネット一人で、それも弁護側の証人である。

同じ日の午後、グラスゴーのフランス領事館の書記長モオ氏はスミス氏を訪ねた。彼はラングリアとは三年前からの知合いで、マドレーヌとの関係も知っていたので、手紙が他人の手に落ちないように手を打つことを、すすめに行ったのである。スミス氏は証言台に喚《よ》ばれなかったから、彼がなんと答えたか、明らかにされていない。

日は確かではないが、同じ週の或る日、書記長は再びスミス家を訪ね、母親と同席で、マドレーヌと会見した。彼は日曜日の晩、ラングリアに会ったのなら、早く本当のことを言った方がいいと告げた。誰に見られているかわからないから、否定すると不利になりますよと警告したのである。マドレーヌは三週間以来会っていないと答えた。

「私はラングリアは明らかに彼女に呼ばれてアラン・ブリッジから帰って来たのだから、かりに自殺したとしても、とにかく一度彼女に会おうとしたにちがいないと言ったのです」

しかしマドレーヌは否定を続けた。

三月二十五日、マドレーヌは牧師ミドルトン氏の家に晩餐に招ばれた。父親のスミス氏は病気だったので、(裁判の間、スミス夫妻はずっと病気だった)婚約者のミノッチ氏が彼女に付き添っていた。この日がモオ氏が彼女に会った日だったかもしれない。若い倉庫掛の死が食卓の会話に上ったかどうかたしかでないが、マドレーヌは落着きがなかった。

次の日の朝、マドレーヌの姿は家に見られなかった。詳しいことはやはり家族の証言が出てないのでわからないのだが、別荘へ行ったのかもしれないということになり、ミノッチ氏がマドレーヌの弟のジャックといっしょに、探しに出掛けた。クライド川の汽船の中で彼女を見つけ、連れ帰った。彼女はパパとママに心配をかけるのが苦しいと答えた。ミノッチ氏はなにか古い恋愛事件があるのだなと察する頭は持っていたが、スミス一家をおびやかしている、暗い影の全貌には思い及ばなかった。

土曜日、彼女は或る人に書いた手紙を取り返さなければならない、とミノッチ氏に言った。日曜日は病気で会えなかった。月曜日ラングリアの名前がはじめてマドレーヌの口から出た。死因は砒素だそうだが、自分も化粧用に砒素を使っているので、心配だと言った。火曜日の午後、マドレーヌは逮捕された。エジンバラの公判廷における彼女は次のように報道されている。

「三カ月も未決監にいたのに、彼女の美貌は衰えを見せなかった。クリームと桃色の輝かしい顔色だった。ゆったりとした褐色の絹のドレスに、大きなブローチをつけ、白い麦藁帽子を白いリボンで結んでいた。物腰は落ちついているし、眼には邪気がなかった。裁判の間、この態度はかわらなかった。ただ自分の書いた手紙が読み上げられる時、手で顔をおおった」

マドレーヌ・スミスは最も狡猾な毒殺者だったかもしれないが、簡明な行動で、尻《しっ》尾《ぽ》を出さなかった。そして法廷はルールを守ったのである。

釈放されても、家族とグラスゴーの町は彼女に冷たかった。彼女はエジンバラへ行き、或る芸術家と結婚し、離婚し、一八九一年にオーストラリアで死んだと伝えられている。別の記録はロンドンで社会救済事業に専心し、アメリカに渡ったと言う。

# 狂った自白

一六五九年のイギリスは、クロムエルの共和制の最後の年である。打ち続く内乱と厳格な清教徒的施政に飽きた人民は、ひそかにチャールズ二世の復位を待ち望んでいた。革命によって覆された古い社会的秩序が、徐々に力を取り戻そうとしていた。子が親に反《そむ》いたり、家来が主人に口答えするなぞ、許すべからざる行為だ、と人々はいつの間にか考えはじめた。

グロースター州のコッツウォルト山麓のカムデン家の館は、革命戦争中、反乱軍に渡さないために、その主人によって取り毀《こわ》された。偶然破壊を免かれた館の一翼に、カムデンの奥方が、忠実な執事ウィリアム・ハリスン夫婦にかしずかれて、静かな隠退生活を送っていた。

一六五九年の秋市の日から、変なことが起り出した。奥方は旅行中だった。ハリスン夫婦はじめ雇人は全部、市場へ遊びに行った。遊びから帰って、ハリスンは、一本の梯子《はしご》が二階の奥方の部屋に寄せかけてあるのを見てびっくりした。誰かが窓格子を押しひろげ――それに使ったと思われる犂《すき》の先が残してあった――押し入ったらしかった。部屋から金貨百四十ポンドが失くなっていた。

犯人はつかまらなかったが、おかしいのは、この狭い土地で、事件の日、怪しい人間を見かけた者がなかったということである。カムデンの村の人々は特別疑り深いというわけではなかったが、一つの事件があれば、誰かそれをやった人間がいるはずだと考える点では、現代の善良なる人民と同じである。

執事ハリスンの下働きをしていたジョン・ペリイが、噂の犠牲者であった。彼はカムデン家から遠くないところに、つぶれかけの小屋に住んでいた。年とった母親のジョアンナは魔女らしく、無口な兄のリチャードは薄気味悪い奴だと言われていた。空巣事件から二週間経った或る日、カムデンの邸に沿った道を歩いていた一人の村人は、突然敷地の中から助けを求める声を聞いた。駆けつけてみると、ジョン・ペリイが「汗にまみれて」、気が違ったように鶴嘴《つるはし》を振り廻しているところだった。ジョンは口も利けないくらい興奮していたが、やがて変な話をしはじめた。庭で仕事をしていたら、不意に二人の白い服を着た人間が現われた。手に手に剣をひらめかせて、飛びかかって来た。鶴嘴で防いでいるうちに、村人が近づく足音が聞えたので、二人の怪人は逃げ去ったというのである。

村人は手分けして、二人の怪人の行方を捜したが、無論どこにも痕跡は見当らなかった。今日の眼から見れば、噂を気に病んだジョンが、疑いを自分から逸らすために打った芝居であることは、明瞭であると思われる。なぜ武装した二人の男が、ジョンのような取るに足らない下男を襲わねばならないのか。

それから一年ばかり無事にすぎた。一六六〇年八月十六日の午後、執事のウィリアム・ハリスンは、隣村のチャーリングワースへ地代の取立に出張した。地代は毎年収穫が終ったこの時期に、まとめて支払われる取り決めだった。チャーリングワースは払い振りのいい村だった。七十歳の老人は二時間もしたら、財布をふくらませて、帰って来るものと思われていた。

ところが夕方になっても、老人は帰らなかった。彼の妻と息子のエドワードがあまり心配した形跡がないのは、老人にどうかすると道筋の酒場で時間潰《つぶ》しする癖があったからと見做《みな》していい。八時半になって、やっと下男のジョンを迎えに出した。

「旦那に会うまで、真直にチャーリングワースへ歩いて行くんだよ。帰りは目じるしに灯を窓際に出しておくからね」

とハリスン夫人は言いつけただけで、息子共々寝室に退《さが》ってしまった。たしかにハリスン家はあまり愛情こまやかな家庭とは言えなかった。

朝が明けて、ジョンが帰ってないのを知ると、さすがにただごとではないと思ったらしい。息子のエドワードがチャーリングワースへ向った。街道を少し行くと、向うから歩いて来るジョンに会った。

ジョンの話によると、ハリスン老人はたしかに前夜チャーリングワースを出ていた。老人がカムデンに向って歩き出すのを、プレイスターという人が見ていた。プレイスター氏はまたハリスンが二十三ポンド集金したことも知っていたそうである。

エドワードはジョンといっしょに、チャーリングワースまで行き、カーチス氏からプレイスター氏と同じ話を聞いた。二人は道の両側に充分注意を払いながら、同じ道をゆっくり引き返した。距離は二哩《マイル》と少しである。中ほどに家が二、三軒かたまったエブリントンという部落があった。そのうちの一軒の主人ダニエルは、前夜老人がお喋りに寄ったと言った。ハリスンがさよならを言って帰って行ったのは九時頃だったと言う。(この時間は後に重大になった)するとそこからカムデンの村まで一哩の間に、ウィリアム・ハリスンは消滅したことになる。

エドワードがダニエルと話しているうちに、近くで叫び声が起った。一人の女が息を切らして飛び込んで来た。路傍のエニシダの草むらの後で、帽子とネクタイを見つけたと言う。急いで現場に行ったエドワードは、それらが父が昨夜家を出た時、身に着けていた物であることを認めた。

ネクタイには血がついていた。帽子はずたずたに切られていたが、血痕はなかったから、老人の頭から落ちた後で、切り刻まれたものと思われた。道にも草むらにも血は落ちていなかったし、格闘の跡もなかった。

しかしハリスンが殺されたのはたしからしかった。野も森も隈《くま》なく捜査された。持主が立ちのいた館の地下室の扉を開け、池は浚《さら》った。しかしハリスンの死体は見付からなかった。

遂に嫌疑がジョン・ペリイにかけられたのは、エドワードの訴えによるということである。治安判事の前に引き出されたジョンの供述は、ほぼ次の通りであった。

事件の夜ハリスン夫人に迎えに行けと命ぜられ、家を出るには出たが、あまり暗いのでこわくなった。知合いのウィリアム・リードに会ったので、若主人の馬を借りて行くことにすると告げ、いっしょに馬小屋まで帰って来た。そこでリードとは別れたが、一人では淋しいので馬は引き出さず、ぐずぐずしていると、別の村人パースが来かかった。そこでまたいっしょに「ちょっくら野良をぶらついた」

ここまでは証人がいるが、あとはジョンの供述があるだけである。彼はパースに別れると、鶏小屋へもぐり込んで寝てしまった。真夜中頃月が出て、少しはこわくなくなったので、チャーリングワースへ向って歩き出した。しかし霧が出て来て、道がわからなくなったので、路傍の木の下で夜明けを待つことにきめた。日が昇るまで、彼はまた眠った。

それからチャーリングワースへ行き、プレイスターからハリスンが前夜のうちに帰ったことを聞き、引き返す途中、エドワードに会った次第については、既に書いた通りである。ジョンの供述は、全体として、彼のような人間がしそうなことばかりで、大体真実と考えてよさそうであるが、嫌疑はなかなか晴れなかった。村の役場に留置されている間に、頭が変になったらしい。

一週間後、ジョンはハリスンの旦那は旅廻りの鋳掛屋《いかけや》に殺されたのだと言い出した。彼が現場へ行き合わせた時は兇行はすんだ後だったので、犯人が死体を藁塚《わらづか》に隠すところを見届けるだけにしておいたということだった。ジョンの話はまことしやかだったので、人々は彼の指定する藁塚のある場所へ出向いた。人々の先に立って歩きながら、ジョンはまた同じ話を繰り返したが、ただ犯人は鋳掛屋ではなく、立派な御仕着せを着た貴族の侍僕《じぼく》だと言い変えた。

藁塚はいかにも指定の場所にあり、色も高さもジョンの言う通りだった。ただいくら探しても、死体が出て来なかっただけの違いである。なんの痕跡もなかった。村人の興奮はジョンに向けられ、一杯喰わされたといきり立った。ジョンは治安判事の役所に連れ帰ってもらいたい、判事様直々《じきじき》なら本当のことを申し上げると叫んだ。そして治安判事トマス・オヴァバリイ氏は実は意外な話を聞くことになったのである。ジョンは母と兄のリチャードが犯人だと言った。前の年の空巣事件も自分が教え、兄がやったのである。盗んだ金はカムデン家の庭に埋めた。剣を持った白衣の怪人の話はつくり話だった。(なぜそんな嘘をついたかは言わなかった)彼は前々から母と兄にハリスン氏が地代を集めに出掛けたら知らせろと言われていた。事件の夜、彼はリチャードと共に途中の村エブリントンまで出向き、ハリスン氏を待ち伏せて、後をつけて来た。老執事は邸の裏門を鍵で開けて中に入った。リチャードもいっしょに入ったが、ジョンは外にいた。しばらくして彼が入った時は、ハリスン氏は地面に横たわり、母親とリチャードがかがみ込んでいた。

ハリスン氏はまだ生きていて、

「こいつ奴《め》、殺す気だな」

と叫ぶのを、ジョンは聞いた。彼はそこで、

「親切な旦那に、ひどいことをするなよ」

と母親に言ったが、リチャードは、

「だまってろ、間抜け」

と言って、ジョンと母親の見ている前で、老人の首をしめ上げた。

それからリチャードは死人のポケットから金袋を取って、ジョンに渡した。そして母親と二人で死体を持ち上げ、

「ウォリントンの水車小屋の上《かみ》へ捨てよう」

と言いながら、出て行った。後に残ったジョンが地面を見ると、ハリスン氏の帽子とネクタイが落ちていたから、帽子を自分のナイフで切ってから、ネクタイといっしょに街道わきのハリエニシダの草むらへ捨てに行った。

供述は矛盾だらけだったし、裏づけの証拠は一つも見つからなかった。水車小屋の上の池を浚ってみたが、無論死体は上らないし、ジョンが惨殺の現場と主張する庭に格闘の跡はなかった。前年盗んだ金を埋めたという場所が掘り返されたが、その金もなかった。

ジョンの自白は、検討を進めれば進めるほど、不可解になるばかりである。ジョンは兄といっしょに、ハリスンをエブリントンからつけて来たと言っている。しかしハリスン夫人の証言では、彼女がジョンを夫の迎えに出したのは九時頃だったという。ところがこれは丁度ハリスンがエブリントンでダニエルに別れを告げた時刻である。

同じ晩おそく、馬小屋の前でジョンと話したリードとパースは、どうなるのか。殺人の段取りもあやふやである。ハリスンが裏門の鍵を持っていたのはありそうなことだった。リチャードがうまいことを言って、いっしょに入ったとしてもよい。しかしあとでジョンが潮時を見はからって入った時、門はやはり鍵がしまってなかったのか。母親はその前から庭に入ってなければならないが、夜のこんな時間にどうして入り込めたのか。どうしてぴったり殺人の時間に、そこにいることが出来たのか。

こんな矛盾が山程あるにも拘らず、治安判事は自白を採用し、村人達はジョンを先頭に立てて母と兄の逮捕に向った。二人は無論犯行を否認し、ジョンを嘘吐《うそつ》きの碌《ろく》でなしと罵《ののし》ったが、やはりそれでも捕えられた。留置場へ凱旋する行列の先頭には、自分が引き起した騒動に興奮し、今や英雄気取りのジョンが歩いて行く。年とった母親が泣きながら続き、最後に無口な百姓リチャードが、半ば呆気《あっけ》に取られて随《つ》いて行く。

彼は「おれがやったんじゃない」と繰り返すだけである。

歩いているうちに、彼のポケットから、小さな紐《ひも》のかたまりが落ちた。護衛の一人が拾ってみると、結び目がある。

「こりゃ、なんだ？」ときくと、

「うちの奴が髪をゆう紐さ」

とリチャードは答えたが、この返答では無論群衆は満足しない。ジョンの鼻先に突き出して、前にこれを見たことがあるか、ときいた。

「悲しいことに、知ってるんだね」とジョンは即座に言った。「うん、これだ。兄貴が旦那をしめた紐だ」

舞台は三百年前のイギリスの田舎だが、われわれが今日西部劇映画で見る場面に似ているようである。埃《ほこり》っぽい道を、手に手に棒を持った群衆が、彼等が犯人だと信じる者をこづきながら、保安官事務所へ押し立てて行く。証拠が充分であろうとなかろうと、興奮した群衆は事件がとにかく一つの解決に達することをしか望んでいない。

治安判事は無論ジョンの自白の矛盾に気がつき、このまま重罪裁判所へ送付することを躊躇《ちゅうちょ》した。するとハリスンの息子のエドワードが叫んだ。

「じゃ、誰が一体親父《おやじ》をやったんですい。とにかく親父は殺されたんだ。誰かやった奴がいる。あなたが真犯人を見つけて来てくれない以上、ジョンの供述があやふやだからって、奴等をこのままにしとく手はない。あなたは人殺しをかばう気なんですか」

今日なら直ちにジョンの精神鑑定が行われ、自白の内容がよく検討されれば、すべてはかの白衣の怪人の物語同様、虚弱な精神が自己を防衛するために発明した白昼夢にすぎないという結論に達したろう。さらに一家の歴史が観察されれば、ジョンが母と兄を告発するに至ったのが、家庭的劣等感に基づいていなかったかどうかも、明らかにされたろう。

しかしその結果三人が無罪になったと仮定して、誰かを真犯人にしないと気がすまない群衆と、エドワード・ハリスンは満足したろうか。精神鑑定を要するのは、実は彼等なのだが、それを実施する手段は永久にありそうもない。

同じ年の九月、州の首都グロースターで開かれた重罪裁判の裁判長クリストファー・ターナーは、三人を殺人の罪で裁くことを拒否した。死体は発見されていないし、ウィリアム・ハリスンの死を積極的に立証するものは何もなかったからである。三人は従って前年の窃盗についてだけ起訴されたわけだが、奇妙なことに三人は直ちに罪を認めた。

クロムエルの共和制は倒れ、チャールズ二世が王座に就いたところだった。王制復古を祝うため、二年に遡《さかのぼ》って恩赦が布告されていた。多分誰かペリイ母子にそれを教えた者があったので、三人は犯さぬ罪を認めたらしい。三人のその小さな罪は直ちに免ぜられたが、ハリスンの死については、新しい証拠が見付かるまで、拘留は続けられた。

彼等がグロースターの拘置所にいる間に、ジョンはまた新しい狂気の徴候を示した。つまり母と兄が自分に毒を盛ろうとしたというのである。もっともこれは二人と同じ監房にいるのがいやだったので、隔離されるための方便だったかもしれない。二人がジョンをいい目で見なかったのは当然である。

春の重罪裁判の裁判長はベンジャミン・ハイドに替っていた。彼は失踪人は死んだと見做すのが正しいと判断した。もし生きているなら、十カ月も経っているのだから、なにか便りがあるか、人に見られるかしてもいいはずである。

こん度は三人揃って無罪を主張した。法廷でジョンの自白が朗読された時、彼は全部真実ではない、自白した時、自分は気が変で、何をいってるのか、自分でわからなかったのだと言った。母親とリチャードは窃盗についても無罪だ、瞞《だま》されて罪を認めたのだと言った。

証拠は依然不充分だった。ジョンが公判の日まで認めていた自白だけが根拠である。そのうち、事件後の或る日、リチャードが金を持っているのを見たという証人が出て来た。一家はそもそもつぶれかけの家に住んでいるし、リチャードは無口で無愛想で、何を考えているかわからない人間だった。母親は魔女じゃあるまいかと言われていた。

（三百年前のキリスト教国の話である）

結局三人は死刑を宣告された。エドワード・ハリスンは八方奔走して、三人がカムデン家の近くの、ブロードウェイ・ヒルで処刑されるように計った。殺人犯人は彼の父親の家が見えるところで、息絶えるべきだと言うのである。彼の主張は亡き父に対する深い愛情の表われと見做された。

三人の悪人は荷車で運ばれて来た。大勢の人々が処刑を見るために集った。刑は一人ずつ、つまり残余の者の眼前で執行されるはずであった。無論今日では行われない野蛮な処置である。

老いた母親が最初に死なねばならなかった。彼女は泣いて無罪を叫びながら息絶えた。

次はリチャードの番だった。足が絞首台の階段にかかった時、彼はやっと口を利く気になったらしい。荷馬車に縛られている弟を見下ろして彼は言った。

「神の御名《みな》にかけて、ほんとのことを言ってくれ。おれの名誉を救ってくれ」

この時代には、罪人の最後の言葉は、真実と考えられていた。だからもしこの時ジョンがもう一度彼の自白を否定すれば、群衆は無実の者が処刑されると信じたであろう。

ジョンはしかし首を振るだけだった。

「助けてくれ」とリチャードは懇願した。「ほんとのことを言ってくれ、おれが無実だとみんなに言ってくれ」

ジョンはそれでも黙っていた。刑は進められた。リチャードが死ぬと、次はジョンの番だった。首に縄を巻かれた時、彼は初めて後悔したのだろうか。それとも自分のしたことの怖しさを悟ったのだろうか。見物を見廻しながら、彼は怒鳴った。

「旦那がどうなったか、知っちゃいねえだ。今にわかるだぞ」

そして彼は死んだ。スコットランドの歴史家アンドリュ・ラングは、ジョン・ペリイはたしかに狂人だったが、何かを知っていたにちがいないと言っているそうである。

こうして、ウィリアム・ハリスン殺人事件は解決したように見えた。息子のエドワードはカムデン家の執事の職を引き継ぎ、三個の死体をそのままブロードウェイ・ヒルの絞首台にぶら下げておくことを願い出た。「毎日眺めてやりたいのです」願いは聞き届けられた。

二年経った。或る日、いまは空虚となった絞首台の傍を通って、一人の旅に疲れた老人がカムデンの村へ降りて来た。彼は真直にカムデン家の門へ向った。村人には彼が誰であるか、すぐわかった。殺されたはずのウィリアム・ハリスンだった。

村人は無論彼をすぐ治安判事の処へ連れて行った。ハリスンの話がまた変っていた。あの十六日の午後、彼がチャーリングワースで集めた金は、プレイスター氏の証言通り二十三ポンドに違いなかった。たしかにエブリントンのダニエルの家へ寄って、ちょっとお喋りした。そこから怖るべき冒険が始まる。

エブリントンを出て、道がエニシダの繁みで縁取られたところへさしかかった時、一人の「ごわごわの服」を着た人が馬を飛ばして来た。そして彼の姿を見ると「逃さぬぞ」と叫びつつ、剣で脇腹を切りつけた。繁みの中に倒れてもがいていると、また二人の良い馬にまたがった騎士が来て腿《もも》を刺した。

それから彼等はハリスンの身体《からだ》を鞍《くら》の後にくくりつけ、淋しいところへ連れて行った。金を取り上げ、石切場の穴へ突き落した。息も絶え絶えに穴の底で呻《うめ》いていると、一時間ばかりして彼等はまたやって来て、彼を引き上げ、「ポケットへ金を突っ込み」再び切りつけ、再び鞍にくくりつけた。

一日中乗り続けて、とある一軒家に着くと、スープとブランデーを飲ませてくれた。次の日も同じ様な旅が続き、三日目の午後、ディールの近くの海岸へ着いて、地面へ降された。一人が七ポンドでどうだいと言い、他の者が年寄りだから海は無理だろうと言うのが聞えた。

しかし結局彼は船に乗せられ、六週間航海した揚句、トルコの海賊船に遇《あ》うとそっちへ移され、スミルナへ連れて行かれた。そこで彼は八十七歳の医者の奴隷に売られた。医者は世界中で一番好きな土地は、イギリスのリンカーン州だと言い、その歳で奴隷とは可哀そうだと言い、大きな銀の鉢をくれた。

遂に或る木曜日に医者は病気になり、土曜日には死んでしまったので、歩いて近くの港へ行き、銀の鉢を売って、ハンブルクの船に乗り込み、リスボンへ来た。そこでリンカーン州の人に遇い、ドーヴァーまでの旅費を借りた。そこから徒歩でやっとカムデンに帰ることが出来た。

彼が騎士に襲われたという場所は、ネクタイの発見された場所と一致していた。しかしそこに格闘の跡もなかったことは前に書いた通りである。ハリスンの話がまったくの作り話にすぎないことは明らかであった。

しかし謎はそれで解けたわけではない。ハリスンの話がうそだとすると、彼は二年間一体どこにいたのか。なぜ身を隠さねばならなかったか。ここに事件のほんとうの謎があると今日では信ぜられている。ジョンのいつわりの自白は、狂った頭が生み出した妄想と考えれば一応片付くが、ハリスンの作り話の謎はずっと深いのである。当時の事件を報じたパンフレットの一つに、ハリスンはイギリスを離れなかったと断言しているものがあったが、あとは口をつぐんでいる。

もう一つの解釈は、ハリスンがエニシダの繁みの後で突然記憶を失い、二年間イギリス中をさまよい歩いた末、恐るべきロマンスを組立てたということである。しかしアムネジア（健忘症）にかかった七十歳の老人が、二年間イギリスのどこかで衣食の途《みち》を見出すことが出来たとは考えられない。変装の可能性も考えられた。つまり帰って来たハリスンはまったく別人で、容貌が似ているのを利用して、カムデン家の下男部屋で、余生を送るために、一芝居打ったという仮定である。しかし変装は妻と息子には見破られずにはいなかったであろう。

一番広く受け入れられている解釈は、息子のエドワードが、無頼漢を雇って父親を誘拐させたということである。彼は父親の跡を継いでカムデン家の執事になっている。ジョンを犯人に仕立てるのに、異常に熱心であった事実とも一致する。この場合あくまで気のいい父親は、息子をかばうために、あの冒険物語を考え出したと仮定しなければならぬ。

歴史家アンドリュ・ラングの考えは次の通りである。――内乱は丁度終ったばかりだった。王党派のカムデン家の執事として、ハリスンは何か政治上の秘密に関与していた。彼は誘拐され、ネクタイと帽子は偽の手懸りとして残された。その時驚くべき偶然によって、下男のジョンが気が変になり、肉親と彼自身を告発し出したのである。

ジョンが十六日の夜パースに別れてから、実際に誘拐の現場を目撃し、恐怖のあまり気が狂って、母と兄を悪者にした物語に逃避したと見ることも出来る。彼がおぼろげながらハリスンの後にかくれた政治を感じ、予《あらかじ》め怖れていたと考えてもよい。

たしかなのは、ジョンの狂った自白のため、三つの無実の生命が失われたということである。それが政治の遠い影響であったにせよなかったにせよ、裁判長は自白だけに基づいて、断罪してはならなかったのだ。その上事案には罪体（この場合死体）がない。

# シェイクスピア・ミステリ

昭和三十一年五月二日付の日本の各紙は「シェイクスピアの発掘」なる記事を掲げた。

場所はイギリスのケント州チズルハースト、聖ニコラス教会。ウォルシンガム家の墓を開けたのである。最後の審判のその日まで、キリスト教徒の遺体は安らかに墳墓に眠らせておかねばならぬのが原則である。その神聖な墓所に手をつけるのだから、この作業が行われるまでにかなり面倒な経緯があったのは想像に難くない。しかもウォルシンガム家はかつてエリザベス女王の大臣を出したことのある名門である。

ウィリアム・シェイクスピアの名を持った人物は、無論ストラトフォード・アポン・エィヴォンに埋葬されている。彼の生れた家、通った学校、孫娘が住んだ家までていねいに保存されている。彼自身の銅像だけでなく、ハムレットとジュリエットのそれまである。シェイクスピアの生れ、育ち、死んだ土地を見ようと、世界中から集って来る観光客が落す金によって、ストラトフォードの田舎町はもっているといっても過言ではない。

シェイクスピアはここの中流の家に生れ、ロンドンに出て役者となり、「ハムレット」「ロメオとジュリエット」「オセロ」「マクベス」「真夏の夜の夢」等、四百年後の今日まで万人に愛されている戯曲を書き、最後はここに隠退して、平和な余生を送ったということになっている。

ただ彼のストラトフォードでしたことは教会の記録その他公文書によってはっきりわかっているが、ロンドンでしたことはあまり明瞭でない。劇団の記録に、時々名だけ出ているにすぎない。

当時からシェイクスピアの芝居は成功していた。彼よりずっと人気のなかった劇作家について、様々の逸話が伝えられ、肖像も残っているのに、劇作家シェイクスピアについては、何もない。今日シェイクスピアの肖像として流布されているのは、彼の死後一六二三年から出版された、所謂《いわゆる》二折版《フォリオ》全集にはじめて現われたものだが、出所は不明。ストラトフォードにはシェイクスピアの肖像は残っていないので、我々がこれをシェイクスピアと信じる理由は、彼の戯曲集にかかげられたということだけなのである。当時の出版事情から見れば、いい加減な肖像を掲げたということも、充分考えられることとなのである。

こうして伝記のはっきりしていないこと、その作品の中に盛られている歴史的知識は、当時の役者風情には持てなかったはずのものであること等々に、シェイクスピアは実は匿名で、本当の作者は碩学フランシス・ベイコンだとか、オクスフォード伯だとか、多くの仮説が出される根拠がある。しかしいずれも推測の域を出《い》でず、立証されたわけではない。

カルヴィン・ホフマン君は現代のアメリカ人である。別にシェイクスピア学者でもなく、ハリウッドの映画俳優を志望して成らず、ニューヨークで戯曲と劇評を書いていた。つまり東部の劇壇の周辺をうろうろしている演劇マンの一人に過ぎなかったが、遂にシェイクスピアはクリストファー・マーローなりとの新説を立てた。彼はそのため十七年の歳月を費して、ヨーロッパの各地を遊歴し、古文書を漁《あさ》って自分の仮説に合いそうな事実を蒐集《しゅうしゅう》した。

マーローは一五六四年生れ、カンタベリーの靴屋の伜《せがれ》だが、ケンブリッジに学び、ラテン詩の翻訳もあり、当時一流の教養を身につけていた。「フォースタス博士」「マルタのユダヤ人」「エドウァード二世」などの戯曲は、いずれも成功を収め、色々な意味で、シェイクスピアの先駆者と認められている。

彼の死は一五九三年だが、ホフマン君の仮説は、この年がシェイクスピアの書き始めた年と一致しているということから出発している。マーローの死には最初から秘密の影がさしていた。或いは当時ロンドンではやったペストで死んだと言われ、「忌むべき好色」のため恋仇《こいがたき》に殺されたとも言われた。どこで死に、或いは殺されたかは、一六〇〇年まで明らかにされなかった。

事はロンドンから三哩《マイル》離れた小さな村デッドフォードで起った。マーローはイングラムという男に食事に招かれていた。イングラムはトランプをたたかわせていたところ、マーローが短剣で突きかかって来るのを認め、正当防衛のため短剣を抜き、相手の眼に突き刺した。傷口から脳漿《のうしょう》溢れ出で、マーローはまもなく死んだ。

エリザベス朝の大劇詩人として悲惨な死であるが、筆者ウォーガンはこれを神の裁きとしている。マーローが死の少し前から無神論者として、告発されていたからである。当時これは死、少なくとも拷問を意味する。同時代人の劇作家トマス・キッドも同じ罪名で捕えられ、拷問の結果死んでいる。「まもなく死んだ」マーローはむしろ幸運だったと言うべきかも知れない。

マーローの作品は当然劇場の上演種目から消え失せたが、政治的自由と共に文学的自由も恢復《かいふく》されていた一八二〇年、文学的考古学者ジェイムス・ブロートンは、デッドフォードの聖ニコラス教会に、マーローの埋葬について何か記録は残っていないかと問合せの手紙を出した。返事は「フランシス・アーチャーに殺害されたるクリストファー・マーロー、一五九三年六月一日埋葬」であった。

イングラムかアーチャーか、彼或いは彼等が何者であるかの糺明《きゅうめい》は、一種の文学的復讐の意味を持って来た。一九五六年のウォルシンガム家の墳墓発掘も、以来絶え間なく続けられた追求の結果である。

ウォルシンガム家はケンブリッジ時代から、靴屋の息子マーローの保護者であった。最も親しかったのはトマスだが、その従兄《いとこ》フランシスはエリザベス一世の密偵長であり、マーローがその隠れた部下であったことが明らかにされた。マーローが拷問を受けずに死ぬことが出来たのは、その慈《いつくし》みであったらしい。

カルヴィン・ホフマン君は進んで、マーローは実際は死んだのではなく、外国にのがれて流《る》謫《たく》の生涯を送ったという仮説を立てた。以来彼が書き続けた名作に、ストラトフォードのシェイクスピアは名前を貸したにすぎない。シェイクスピアの劇の舞台にイタリアがよく選ばれているが、実際行ったことのある人間でなければ書けないような詳細に充ちているし、ソネットには疑うことの出来ない流謫の悲しみがある。すべて謎はマーローがシェイクスピアであると仮定すれば氷解する、とホフマン君は確信しているが、依然として証拠がないのが悩みである。流謫のマーローが原稿を送る手段は、ウォルシンガムを通じて以外にあるはずはなく、ウォルシンガムが秘密を墓まで持っていった公算大である。

原稿そのものでないまでも、何かの鍵が見つかるかもしれないと考えるホフマン君は、執拗に教会の幹部に迫り続けた。事件はセンセーショナルである。アメリカのジャーナリズムはホフマン君を支持した。「エスカイヤ」「コロネット」誌がホフマン理論の摘要を掲載し、ホフマン君自身も昭和三十一年七月、十七年の研究の結果を、『シェイクスピアであった男の殺人』という題で、一冊の本に纏《まと》めている。「最も偉大なる文学的探偵小説の一つ」とうたわれている。

その間、ウォルシンガム家の墓の発掘が、五月一日に行われたのは前述の通りである。棺をあばくことは内務省が許さず、作業は墓の前の敷石を除くことに限られた。結果は砂と石があっただけだった。

ホフマン君はしかし説を変えない。「次の手段はウォルシンガム家の古文書を調べることだ」と言った、と新聞は伝えている。

すべてはマーローの死の詳細にかかっている訳である。そしてここにもまた長い物語がある。

誰がクリストファー・マーローを殺したか――これは探偵小説ではない。ほんとうの捜査活動である。ただし警察は三世紀前の殺人事件に興味を持たない。一九二五年、はじめてこの問題に直面したのはオクスフォード大学の研究生、レスリー・ハトスン君であった。

デッドフォードはテムズ河に臨み、十七世紀にはまだロシアのピョートル大帝が軍艦建造を学びに来た海軍基地であるが、現在ではただロンドン郊外の貧民窟にすぎない。大陸から輸入された牛豚はここに陸揚げされ、週二回肉市が立つというだけの町である。

一九二五年現在で風呂を持つ家は、百軒に一軒の割であり、新聞は公衆浴場設置の急を叫んでいた。図書館や記録保存所は、恐らく浴場を見つけるよりむずかしかろうとハトスン君は判断する。彼はロンドンの大英博物館に赴き、官撰人名辞典に次の条項を見る。

デッドフォードの聖ニコラス教会の記録は、通常次のように読まれている。「クリストファー・マーロー、一五九三年六月一日、フランシス・アーチャーによって殺害さる。ハリウェル・フィリップ氏は犯人の姓をフレーザーと読んだ」

犯人の姓すらはっきりしていないのである。大英博物館は忠実なるマーローの研究家の本も持っていて、それは問題の埋葬書の複写を掲げていた。注意深く観察して、ハトスン君は二通りの読み方の由来を発見する。

英語の大文字の表わし方に、小文字を二つ重ねるのがある。つまりフレーザーはFrezerではなくて、ffrezerとも書かれるわけだが、この二重のfは、かなり大文字Aに似ている。そしてエリザベス朝時代の書法ではezとchとはかなりまぎらわしい。不注意な読み手がFrezerをArcherと誤読するのはあり得ることであった。

確かなのはフランシス・フレーザーが、教会の書記の手によって書かれた名だということである。それならマーローの死後七年、なぜウォーガンは犯人の名をイングラムと伝えたか。読み違いの起る余地はない。しかし手懸りはここで切れる。

数カ月の間ハトスン君の関心はほかに向けられていた。ウォルター・ローリイやフランシス・ドレイクに関する公式記録の索引を追っている彼の眼は、一五九六年の項に「イングラム・フライザー」Ingram Frizerの名を拾い上げる。

ウォーガンはイングラムを苗字と勘違いし、聖ニコラス教会の書記はフライザーの苗字は殆ど正しく書いたが、フランシスの名を書き違えたのではないか。

一五九六年はマーローの死後三年である。してみればマーローを殺した男は縛り首になっていなかったのだ。記録はロンドンの商人イングラム・フライザーが、バッキンガム州で二軒の家と若干の土地を買ったことを載せているだけであるが、これが第一歩であった。

ハトスン君は考える。一五九六年にフライザーが生きているとすれば、そして土地を買っているのであれば、彼は放免されたのでなければならない。裁判は行われたはずである。事件はケント州で起っているが、これは殺人であるから、巡回重罪裁判か、ウェストミンスターの最高裁判所で扱われたに違いない。羊皮紙の記録が一枚一枚調べられたが、イングラム・フライザーの名は見当らない。

ハトスン君はイングラム・フライザーの身になって想像力を働かせてみる。ウォーガンの書いたものによれば、彼は「正当防衛」でマーローを殺したのである。彼は陪審員に無罪を説得する自信はある。しかし当時はそれだけでは、完全に諸権利を恢復《かいふく》されたとは言えない。女王の特赦を乞わねばならない。

イギリスの公文書の保存は完璧であった。羊皮紙第千四百一巻は、マーロー殺人事件につき、イングラム・フライザーに与えられた特赦状の全文を含んでいた。原文はラテン語であるが、ほぼ次のように訳される。

……ロンドンの紳士イングラム・フライザーと該《がい》クリストファー・モーリー Morley ロンドンの紳士ニコラス・スキーア及同じくロンドンの紳士ロバート・ポーリーは、上記女王治世三十五年（一五九三年）五月三十日、該デッドフォードにおいて……午前十時頃後家エレノーア・バル所有の家屋の一室において会合せり。共に時を過し、食事をなし、食後も静かに一緒におり、午後六時まで該家屋の属する庭園を散歩し、該庭園より上記部屋に帰り、共に夜食せり。夜食後該イングラムと該クリストファー・モーリーは話を始め、金銭支払につき同意し難しという理由によって互いに悪口雑言をなしたり。該クリストファー・モーリーは彼等の夜食せる部屋のベッドに横たわりおりしが、上記の如く両人の間に交わされる話に基づき、該イングラムに対し憤怒の念を発して起き上りたり。該イングラムはその時その場で、該クリストファー・モーリーの横たわりたるベッドに近く、背を向け、テーブルに対して坐りおり、該ニコラス・スキーア及ロバート・ポーリーは該イングラムの両側に坐し、該イングラム・フライザーはいかなる手段によるも逃げ出せぬようになっていたり。かくて該クリストファー・モーリーは、該イングラム・フライザーに対する悪意により、突如として、その時その場で、背を向けいたる該イングラム・フライザーの短剣を悪意をもって抜き放ち、同じ短剣をもって、該クリストファー・モーリーは、その時その場で、該イングラムの頭部に対し、長さ二インチ深さ四分一インチに達する傷を二カ所、悪意をもって与えたり。ここにおいて該イングラム・フライザーは殺されんことをおそれ、且上記ニコラス・スキーア及ロバート・ポーリーの間に、逃げ出せぬように坐しおりしかば、自己防禦《ぼうぎょ》且自己の生命救助のため、その時その場で、該クリストファー・モーリーより上記短剣を奪い返さんとして、格闘に及びたり。この喧嘩において、該イングラムは該クリストファー・モーリーの手より逃れ得ざりき。かくてこの喧嘩において、該イングラムは自己の生命防禦のため、上記価格十二ペンスの短剣をもって、該クリストファー・モーリーに対しその時その場で、右眼に深さ二インチ、幅一インチに達する致命傷を与えたり。該致命傷により、該クリストファー・モーリーは、その時その場で即死せり。かくて該イングラムはデッドフォードにおいて該クリストファー・モーリーを上記方法により、自己救助及防禦のため、わが国の平安及王座の威厳に反して殺害せること、わが令状によって大法官庁にもたらされたる裁判記録の一層明白に示せるところなり。われらはここに憐愍《れんびん》の情に動かされ、該イングラム・フライザーのわが治安を

乱せる罪を赦免す。云々《うんぬん》

女王　六月二十八日、キューにおいて。

特赦状の最後の部分は裁判に言及している。ハトスン君は記録を再調査し、「雑録」と一括されていた中に、遂に「クリストファー・モーリーの死体を目視した後為《な》されたる」検視審問の記録を発見した。それは殆ど女王の特赦状に逐字《ちくじ》的に写されていて、省かれているのは次のような陪審員の言明ぐらいなものであった。

該イングラムは上記殺人、上記方法による兇行後も、逃亡或いは退去せざりき。ただし該イングラムが殺害当時いかなる財産、家畜、土地、家屋を所有せるや、陪審員は知らず。

一五九三年五月三十日水曜日、イングラム・フライザーがクリストファー・マーローを殺したことは明白である。検視審問は六月一日金曜日に行われ、同日マーローの死体は葬られた。裁判官ウィリアム・ダンビイは六月十五日付女王の令状により、一件書類を大法官庁に送付し、特赦は六月二十八日木曜日に与えられている。

こうしてマーロー殺人事件の詳細は三百三十二年の後、漸《ようや》く明らかにされたわけである。後家エレノーア・バル所有の家がどんな家であるか、一件書類には現われてないが、居酒屋でも、旅籠《はたご》屋でも、乃至《ないし》女郎屋であってもいいわけである。四人の男が朝の十時から夕方の六時までそこにいた。酒が入ってなかったとは考えられない。争いの原因が「忌むべき好色」ではなく、金銭問題であったのは、マーローのために喜ぶべきだが、学者の追求はまだ終らない。イングラム・フライザーとはしからば何者か、彼とマーローとの関係は如何《いかん》。

一件書類にマーローが Marlowe ではなく Morley と記されているのは、エリザベス朝では英語の綴りはかなりいい加減だったためだが、ハトスン君の学者の眼は、当時の各方面の古文書に Morley の文字を探す。その結果はやがてホフマン君のシェイクスピア＝マーロー説を生むのに大いに貢献することになるのだが、この殺人事件だけをとってみても、いろいろ解釈の余地があるのを我々は見る。

二人の目撃者がいたことは事実である。しかしもしこの二人がフライザーと共謀して、マーローを殺し、あとで口を合わせたとしたらどうだろう。

マーローがフライザーの短剣を抜いて、頭に二カ所傷を与える間、二人の人間は何をしていたのか。止めようとはしなかったのか。フライザーがマーローに立ち向ったのは、二人の目撃者に挟まれて（多分木のベンチだったのだろう）逃げられなかったからだ、ということになっている。すると二人はマーローの味方だったことになる。その二人がどうしてマーローが右眼に致命傷を負うのを、黙って見ていたのか。

三人が共謀して、陪審員を欺いたのは「あり得ること」だ、とハトスン君は考えるが、しかし後日ハーヴァード大学教授になるくらい慎重な彼は、四人の酔漢の起した事故とする方が、より「ありそうなこと」だと言っている。

しかしこの穏健な結論は他の学者を満足させない。医学博士タンネンバウムはマーローが受けたような、右眼から入った、深さ二インチ幅一インチの傷は、瞬間的な死を惹《ひ》き起すものではないという意見である。数日続く昏睡の後、死ぬこともある程度だと主張する。

医学の未発達の当時とはいえ、無智な陪審員はいざ知らず、裁判長まで欺くことが出来たろうか。三人が共謀しただけではなく、裁判全体がでっち上げの様相を呈しているとシェイクスピア＝マーロー説のホフマン君は断定する。女王の特赦も、当時として異例の早さで与えられているという。

釈放後のフライザーの経歴にも不審の点がある。女王の特赦が与えられた翌日、つまり六月二十九日彼はウォルシンガム家に雇われ、主人に有利に土地を売買している。ウォルシンガムは無論マーローの友人であり、保護者でもあったトマスと同人である。デッドフォードの事件の後二十年経っても、フライザーは依然として、ウォルシンガム家に住んでいる。

ニコラス・スキーアは一五八九年以来政府のスパイとして登録されていて、フランシス・ウォルシンガム（前記のようにトマスの従兄で当時の内務大臣である）を援けて、エリザベス女王に対するカトリック教徒の陰謀を防圧した。

ロバート・ポーリーとなるともはや札つきのスパイである。間諜《かんちょう》、逆間諜として、常に大陸との間を往来していた。一五九三年五月、彼は政府の使命を帯びてオランダへ渡ったが、同月三十日即《すなわ》ちマーロー殺しの当日、イギリスに帰着、トマス・ウォルシンガムに秘密の情報を提供した。同日彼がデッドフォードにいたとすれば、直ちにそこへ急行したことになる。

話は少し遡《さかのぼ》る。一五八七年、ケンブリッジ卒業を数カ月後に控えたマーローは、突然大学の許可なく二月から七月まで欠席した。学生は聴講の義務があり、大学はマーローに予定されていた学位を与えなかった。

枢機官は大学に女王の副署を持った次のような秘密勧告を送りつけた。

クリストファー・マーローが海峡を渡って、フランスに赴き、そこに止《とどま》るべきこと決定されたるところ、彼が慎重に身を処して、女王の御為《おんため》に役立ちたることをここに証す。彼の誠実な行いは褒賞《ほうしょう》に値いすべし。枢機官はこの事実に関する噂が手段を尽して抑圧されること、及マーローが次回学位授与に薦めらることを希望す。

云々

マーローは直ちに学士号を受けた。

マーローの生きていたのは動乱の時代である。エリザベス女王の地位は脅かされていた。スコットランドのメアリ・スチュアートを王座に押し上げようというカトリック教徒の陰謀は、フランスのギーズ公の指揮の下に活潑に行われていた。ランスのジェスイットの大学に学ぶイギリスの学生を手なずけ、エリザベスに対する陰謀に使おうという企みがあった。それら学生の動静を探るために、マーローが派遣されたのはあり得ることだ、という。

フランシス・ウォルシンガムが、精密機械のような諜報網を組織したのはこの時期である。あらゆる階級の人間が動員された。ベン・ジョンソンも或る時期、彼の組織に入っていたことには証拠がある由である。文学者を利用するイギリス諜報部の伝統は、ダニエル・デフォーから、サマセット・モームの今日まで続いている。マーローがこの時期から、ポーリー、スキーアなど札付きの密偵達と、業務上識り合ったのはあり得ることである。或いはこれが彼が後にデッドフォードの怪しげな家で会合を持った事実を説明する唯一の根拠かもしれない。

トマスはフランシスほど有能の政治家ではなかったが、文学の愛好者であった。マーローとの関係はエリザベス朝にあっては、誰の眼にも明らかな男色であったとホフマン君は主張する。ウォーガンの「忌むべき好色」は、口に出してはいう者は誰もないが、知る人ぞ知るこの関係を暗示していると彼は考える。

富裕な保護者或いは愛人を持ち、学識に富んだマーローは、詩と劇において輝かしい成功を重ねて行った。文学の才だけではなく、美しく、腕力もある青年である。一五八九年七月十八日、二十五歳の彼は、ロンドンの街頭で決闘沙汰にまきこまれる。

宿屋の主人ウィリアム・ブラドレー二十六歳は、マーローと詩人トマス・ワトスンとの間の親密に嫉妬したためか、午後二時という時間に、マーローの住居に近いホッグ・レーンという通りで、剣を抜いた。

勝負は激しかった。ワトスンは人垣を分けて進み出で、二人を分けようとして、これも剣を抜いた。ブラドレーはワトスンに向って来た。ワトスンは傷つき、溝《みぞ》の中に退いたが、勢に乗ってのしかかって来るブラドレーの右胸に、深さ六インチ幅一インチの致命傷を与えた。

マーローもワトスンもその場を去らず逮捕されたが、マーローはブラドレーが致命傷を負った時、決闘に参加していなかったので無罪。ワトスンの正当防衛も認められ、五カ月後女王の特赦状を得て、釈放された。

ホフマン君はこの情況が四年の後、デッドフォードで起った事件と似ているばかりか、「ロメオとジュリエット」の、ヴェロナの街頭でチボルト、マキューシオ、ロメオの間に行われた決闘とも似ていると主張する。

マーローの破局は突然やって来る。当時のあらゆる優れた頭脳と同じく、マーローが表向きは教会の権威に服しながら、自由な思想家であったことは、その作品によって明らかである。時として同好の士と相寄り、禁断の題目について冒瀆《ぼうとく》的な言葉を交わすことに快楽を見出したのも、二十代の青年の身として不思議ではない。グループはやがて無神論者として、政府に追及され、いずれも悲劇的な最期を遂げている。

マーローのケンブリッジの級友、フランシス・ケットは、マーローが決闘沙汰にまきこまれた年と同じ一五八九年、異端として火あぶりの刑に処せられていた。一五九三年五月十二日、マーローの友人、劇作家トマス・キッド（「ハムレット」の原型といわれる「スペインの悲劇」の作者である）も無神論者として捕えられた。拷問されて、キッドは彼の部屋で発見された三頁の冒瀆的文書は、マーローが書いたものだと言った。

六日後マーローはロンドンから十二哩離れたスカドバーリイのウォルシンガム邸で逮捕された。一応の取調べの後、毎日の行動を枢密院に報告するという条件で保釈となった。ウォルシンガムとの特別な関係が考慮された結果であることには疑いない。ペストが流行《はや》っているロンドン市からマーローは出ることが出来ない。ウォルシンガムの影響がいくら強くとも、無神論が立証されては、無罪は望まれない。五月三十日彼がデッドフォードのスパイ達との会合へ赴いたのは、こういう情況においてであった。

その結果マーローがどういう運命に会ったかは、我々はもう知っている。我々の常識の告げるところでは、フランシス・ウォルシンガムが一家の厄介者となり果てたマーローを（拷問されればトマスとの関係や無神論的会話を白状しかねない）部下に命じて、消してしまったというところなのだが、ここでシェイクスピア＝マーロー論者のホフマン君は、驚くべき跳躍を行なう。

彼は殺されたのはマーローではなかったと言う。デッドフォードの波止場から哀れな失業水夫が、スパイ達によって拉致《らち》されて来る。彼は酒を飲まして貰った上、殺される。裁判官はウォルシンガムが買収してある。死体は速やかに埋葬され、一件書類が捏造《ねつぞう》される。

一方マーローはひそかに用意された帆船により、外国へのがれる。機を見て帰国し、広いトマス・ウォルシンガムの邸で、平和な余生を送る。ストラトフォード生れの平凡な俳優シェイクスピアが名前を貸すことに同意し、以来続々流謫の悲哀をこめた傑作が生れることになる。彼は実に俳優シェイクスピアより長生し、死後の出版ということになっている二折版《フォリオ》を彼自身校訂する。

この仮説を事実とするためにホフマン君の集めた証拠と称するものは、殆ど無数であって、到底ここに挙げ切れない。例えばシェイクスピアとマーローの作品の中から、似通った詩句を千以上抜き出す。しかし、他人の文句を拝借するのは、当時誰でもやったことだから証明力はあまり大きくない。

トマス・ウォルシンガムは書記に遺産を残した。当時の貴族の遺言五十通に目を通したホフマン君は、書記の名があるのは一つもないことを確かめた。これは異常な遺言である。従って、この書記は厖大なマーロー＝シェイクスピアの原稿を筆写したに違いない、と彼は結論するのである。

一九五三年の夏、ケンブリッジの聖体《コルプス・クリスチ》カリッジの中庭を歩いていた一人の学生は、瓦や礫《こいし》の山の間から、彩色された板を見つけた。それはかつてマーローがここに寄宿して以来、はじめて修理された部屋の位置だった。板は憂い顔の青年の画像だった。一隅にラテン語で「一五八五年、二一歳」とあり、その下には同じくラテン語の次のような詩句が書かれてあった。

Quod me nutrit, me destruit
われを育てしもの、われを亡す。

マーローは一五八五年にケンブリッジにいたし、二一歳でもあった。だから、これはマーローの肖像だとホフマン君は言う。ラテン語の詩はシェイクスピアの「ペリクレス」に次のように形をかえて現われているそうである。

Quod me alit, me extinguit

われを光らせしもの、われを消し去る。

同じような詩句を、二百年前にダンテが「神曲」の中で、シエナのピアにいわせているが、むろん、ホフマン君にとっては、マーロー、シェイクスピアと関係のないものは、存在しないも同然である。

「この肖像をはじめて見た時から、私はどこかで見たことがあるような気がした」とホフマン君は書く。「そうだ。第二折版《フオリオ》の木版画のシェイクスピア像だった。しかし私は自分の結論を早急に信じたくなかった。私は二つの肖像を、イギリスの肖像専門家に見せた。私の考えを言いはしなかった。みな同一人物だと言った」

二つの肖像は二重焼付の要領でホフマン君の著書『シェイクスピアであった男の殺人』のカバーを飾っている。しかし極東の一文士にはそう断定する勇気はない。

アメリカの新理論に対して、イギリスのシェイクスピア学者は沈黙を守り続けている。まずい探偵小説に近いホフマン理論に対して、アカデミズムとして、まず正当な態度といえよう。ケンブリッジの瓦礫の山の中にあったという、あまりにもホフマン理論に合いすぎる肖像画が、この少し頭の変なアメリカ人に対する、イギリス人のいたずらでなければよいがと思う。

ウィリアム・シェイクスピアの生涯と作品に多くの謎が含まれているのは事実である。ホフマン君はマーロー生存説が、それ等を一挙に解決する唯一の仮説であると主張する。彼の書いたシェイクスピア探偵小説は、一応首尾一貫している。しかしそれを「事実」として我々に強いるためには、哀れなデッドフォードの身替水夫の失踪の確認は無理としても、一五九三年五月三十日以後、生きているマーローをフランスかイタリアで見たという証人を探し出して来て貰うほかはない。

# 不充分な動機

一九三五年三月二十四日の夜、応接室の安楽椅子でうたたねをしていた、フランシス・ラトンバーリ氏は、背後からおそわれた。

二階で就寝中のラトンバーリ夫人アルマは呻《うめ》き声を聞いて、降りて来た。そして頭から血を流し、意識を失っている夫を発見し、驚いて家政婦のイレーヌ・リッグス嬢を呼んだ、と最初彼女は陳述していた。

かけつけたオドンネル医師は、アルマが酔っているのを見て驚いた。

「なんてことでしょうね、大変な血だわ。うちの人が殺されちゃったのよ」

オドンネル医師は有名な外科医ルーク氏に電話した。外科医は直ちに到着したが、酔っ払ったラトンバーリ夫人が邪魔するので、患者を診ることが出来なかった。救急車が呼ばれた。

病院で調べると、患者は頭部を木槌《きづち》ようのもので打たれ、三カ所の重い傷を持っていた。自分でつけた傷ではあり得なかった。ルーク氏は警察に知らせた。

手術が行われた。朝の四時、オドンネル医師がラトンバーリ家へ寄ると、家中の灯がつき、蓄音機が鳴っているのに、また驚いた。アルマはますます酔っていた。四、五人の刑事と警官が来ていたが、彼女は彼等にかわるがわるじゃれかかった。一人はあやうく接吻されるところだった。

医師は夫人にモルヒネを与え、ベッドへ連れて行った。彼女は夫を殺したのは自分だと、くり返し警官に言った。翌朝も言葉はちがったが、同じ趣旨をくり返した。彼女は警察に連行され、殺人の意図を持った傷害のかどで起訴された。

「結構よ。よく考えた上、やったことです。なん度でもやってやるわ」と彼女は言った。

イギリス南部の海水浴場ボーンマスで起った事件である。ラトンバーリ氏は六十七歳の老建築家で、一九二八年以来後妻のアルマと共に、この温暖な海岸の町に引退していた。アルマは三十八歳で、三度目の結婚だった。連れ子のクリストファーは十三歳で寄宿舎にあり、ラトンバーリ氏との間に出来たジョンは、小学校へ上ったばかりだった。

家には家政婦イレーヌ嬢のほかに、半年前から下男兼運転手ジョージ・ストーナーが住んでいた。彼も起訴された。彼はラトンバーリ夫人の愛人だったし、事件の日、同じ町内の祖父の家から木槌を持ち出したことが、明らかにされたからである。彼は十八歳になったところだった。

ストーナーは新聞広告によって、前年の十月から雇われていた。最初は昼間だけの通いだったが、夫人と関係が生じた十一月から、住み込みに変った。年が若いという外に、これといった特徴も魅力もない男で、ラトンバーリ夫人はたしかにいい趣味を持っていなかった。

アルマは貧しい活字工の娘としてカナダのコロンビアに生れた。音楽の才があり、すごい美人と言うことは出来ないが、男好きのする顔をしていた。卵形の顔と黒い眼を持ち、下唇が厚かった。第一次大戦の前、西部カナダで、ピアニストとしてちょっと名を揚げていた。

最初の夫は大戦勃発と共に召集され、イギリスへ送られた。彼女は後を追ってイギリスに渡り、或る官庁に職を得た。彼女は夫を愛していたが、夫は戦死した。これがアルマが生涯で男との間に持った、唯一の幸福な関係だった。

夫の死後アルマは看護婦になり、ついで輸送隊付運転手となり、休戦まで骨身惜しまず働いた。一九二一年、或る妻子のある男と恋に落ち、男は彼女と結婚するため離婚した。一年の後子供が生れたが、結婚生活は幸福でなく、彼女はカナダの叔母の家へ帰っていた。

仕事でカナダに来たラトンバーリ氏に会ったのは、その時であった。彼はアルマを恋し妻から離婚された。新しい夫婦が再びイギリスへ渡った第一の理由が、スキャンダルを避けるためであったことには疑いない。

こういう経歴は、事件が起るまで、ボーンマスでは誰も知らなかったのだが、一度明るみに出ると、輿論《よろん》は著しくアルマに不利に傾いた。既に二人の妻から夫を奪い、こんど度は下男の恋人と共謀して、夫を撲殺した悪魔のような酔っ払い女——これが公判廷に集った傍聴人の抱いていた先入見であった。そしてオドンネル医師と家政婦のイレーヌ・リッグス嬢を除いては、みな彼女を有罪と信じていた。

経歴はたしかに彼女が多情な女だったことを示している。結婚した時、ラトンバーリ氏は六十歳、アルマは三十一歳だった。そして翌年ジョンが生れて後、事実上は夫婦の関係は絶えていた。しかしそれから六年の間、アルマの男関係は知られていない。アルマは夫によく尽した。イレーヌはラトンバーリ氏の口から、彼女の不幸な経歴を聞かされることがあったが、いつも深い同情がこもっていたということである。

アルマは誰に対しても親切だったし、子供を溺愛していた、とイレーヌ嬢は言っている。ただラトンバーリ氏は少しけちだったから、金のことで時々争いが起ることがあったそうである。

ラトンバーリ氏は大きなことには鷹揚《おうよう》でも、小さいことに細かかった。彼はアルマに家計一切の費用として、年一千ポンド（約百万円）渡していたが、アルマは無論家計は下手だったから、少なくとも百ポンドの臨時費が年に二回は必要だった。少額の金が足りなくなるのは始終だった。

アルマは夫から金を引き出すために、嘘をつくこともあったと言っている。ラトンバーリ氏は、金と将来の不安のため、沈みこんでしまうことがあった。そしてよく自殺したいと言った。

事件の前の年の七月、またその話が出たことがあった。アルマはかっとなって、

「自殺のことをしゃべってるひまに、やってみたらどう」

と言った。ラトンバーリ氏は、結婚してはじめて妻をなぐった。

オドンネル医師が呼ばれ、アルマの片眼がはれ上っているのを見た。ラトンバーリ氏は家にいなかった。アルマは取り乱し、夫がほんとに自殺しやしないかと心配していた。ラトンバーリ氏は朝の二時になってやっと帰って来た。

これが少なくともオドンネル医師とリッグス嬢が知っている限り、四年の間に夫婦の間で起った唯一度の重大な争いであった。そこへジョージ・ストーナーが現われた。

そしてアルマは彼に惚れ込んでしまったのである。

これらのこまごました事情は、イギリスの裁判の「真実をのこらず《ホール・トルース》」の方針に基づいて、法廷に出されたものである。この方針はどうかすると、事件にまったく無縁な事柄を証言させる結果になることもあるが、とにかくラトンバーリ氏、アルマ、ストーナーの三人の関係について、細かい事実が次々に明るみに出されたことが、最初あれほど不可能に見えたラトンバーリ夫人の無罪を、証明することになったのである。

ストーナーを愛人とした時、彼女はオドンネル医師に言った。

「御相談したいことがあるんですけれど、先生に絶交されるのがこわくて、言えないわ」

オドンネルは答えた。

「わたしはずいぶんいろんな相談を受けていますから、なにを聞いても驚きはしませんよ」

彼女の話を聞いて、医師は無論「およしなさい。利口じゃない」と言った。しかし彼女はその時は深みにはまりこんでしまっていて、医師の忠告に耳を傾ける段階にはなかった。自分はただお惚《のろ》けを聞く役を振られただけだったらしい、と医師は付け加えた。

しかしながら、もし彼女の求めたのが、肉体的な快楽だけだったら、自分の生命を賭してまで、ストーナーを守ろうとはしなかったはずだ、というのが事件のすぐれた記録者テニスン・ジェスの意見である。

アルマはストーナーを助けることが出来るなら、罪は自分がかぶると、一カ月主張し続けた。弁護士は虚偽の陳述は、証言台で訊問されれば必ず崩れる。ストーナーの命を助けることも出来ず、自分が有罪になるという虻蜂《あぶはち》取らずの結果になるだけだと言った。息子のクリストファーが監房に来て、真実を告げることを懇願するに至って、アルマは遂に屈服したのである。

一方、ストーナーは逮捕されるとすぐ、ラトンバーリ氏を木槌で撲《なぐ》ったことを認めた。証言台に上ったアルマは、ストーナーはかっとなると、すぐ手を出すくせがあり、自分もなん度もおどかされたと述べた。多くの恋人の共犯者が、公判廷で相手に罪をなすりつけようとするのに対し、アルマとストーナーは例外であった。

ストーナーは家で大人しい子供と思われていた。友達はなく、孤独を楽しんでいる様子だった。しかしその静かな外貌《がいぼう》の下には、若い欲望がかくされていた。空想に耽《ふけ》る癖があって、空想と現実の区別がつかない年のまま、真のドラマにまき込まれたのが不幸だったわけである。

アルマはこの二十歳年下の少年を愛し、彼の冒した行為に責任を感じていた。彼女が自分の命を措《お》いてまで、彼を救おうとしたのはそのためである。

彼がラトンバーリ氏に対して嫉妬しようとまで、彼女に予想できなかったのは無理もない。しかし、社会的に身分が上の婦人と対等な恋愛関係に入ったこの年頃の男が、ものの順序の観念を失ってしまうおそれがあることは、考えるべきだったろう。

老人のラトンバーリ氏が二人の関係を黙認していたのも、あり得ることだし、家はあまり広くなかった。しかし家政婦のイレーヌ・リッグスもオドンネル医師も、夫はなにも知らなかったと思うと言っている。

彼は最近、自分の貯金が息子達の教育と、夫婦の老後を賄《まかな》うに充分でないのではないか、という危惧に捉えられ、毎晩したたかウイスキーを飲んだ。彼の寝室は階下にあり、妻と召使達の寝室は二階にあったが、酔っ払ってしまうと、二階で何が始まろうと全く無関心だった。耳も遠くなっていた。

事件の五日前の三月十九日、アルマはストーナーといっしょにロンドンへ行き、ケンジントン街のロイヤル・パレス・ホテルに三晩泊った。或る手術を受ける必要があると夫に言った。それまでにも、彼女は時々小さな手術を受けにロンドンへ行ったことがある。ラトンバーリ氏は妻の要求するままに、二百五十ポンド出したが、大部分は家計の支払に廻された。残りはホテル代とストーナーの服とパジャマに化けた。

この旅行の意味はしかしこの買物にはない。労働者のストーナーが四日間ラトンバーリ夫人と同格に扱われる経験を持ったということである。ホテルでは彼は夫人の弟であり、ボーイは彼を「サー」と呼んだ。向い合った二つの部屋を取り、いつでも好きな時に恋人を訪れることが出来た。

恋人達は二十二日の金曜日の夜おそく帰って来た。ラトンバーリ氏は、ナイトキャップをかぶっていて、なにもきかなかった。翌日も手術の結果について、なんの質問も出なかった。ラトンバーリ氏はそれどころではなかったのかもしれない。一つの建築の注文が取り消されていたからである。アルマはいくら努力しても、夫の気を引き立たせることが出来なかった。

そのまた次の日が事件の日である。ラトンバーリ氏の意気銷沈《しょうちん》はますますひどくなった。朝、アルマは夫をドライヴに連れ出した。昼食後彼は二時間ばかり眠った。夕方のお茶は、息子のジョンと三人で摂った。ラトンバーリ氏はベッドで読んだばかりの小説の話をした。自殺者の出て来る小説だった。彼は自殺者の勇気を礼讃した。アルマは友達でも訪ねなければ、やり切れないような気分になった。ブリッジポートのジェンクス氏に電話し、明日夫といっしょに出掛けてもかまいませんかときいた。相手は泊りがけでいらっしゃいと言った。二人は承知して、電話を切った。

電話は応接間に接したラトンバーリ氏の寝室にあった。ストーナーが入って来て、アルマが電話で約束をするのを聞いていた。彼は怒り出し、空気拳銃を突きつけた。(アルマは本物と思った) ブリッジポートへ行くなら殺すとおどかした。彼女は話し声が応接間の夫に聞えるのをおそれ、ストーナーを反対側の食堂へ連れていった。

そこでストーナーは彼女がその日の午後、夫と関係を持ったろうとなじった。(これは全然根拠のない非難だった) そして夫婦がブリッジポートへ行くことを決めても、運転は断わると言った。彼はまた夫婦はジェンクス氏の家で、寝室を共にするにちがいないと言った。アルマは前にも一度泊ったことがあるが、ジェンクス氏の家は広くて、二つの部屋をあてがってくれたとなぐさめた。ストーナーは一応機嫌を直したが、なお不満の様子で、八時頃近くの祖父の家へ行ってしまった。

彼はそこで祖母としばらく話してから、木槌を持って帰った。別にかわった様子はなく、木槌も大っぴらに借りたのである。アルマも帰って来てから、ストーナーの態度に、異状を認めなかった。

アルマは夫としばらくトランプをしてから、おやすみのキスをし、二階に上った。

家政婦のイレーヌの休暇の晩だった。アルマは明日のブリッジポート行の荷物を作った。

イレーヌは十時五十分頃帰り、すぐ寝室に入った。十分ほどたって、アルマはちょっと様子を見に階下へ降りた。

夫人の話は終始一貫、明瞭で自然で、彼女がすぐれた証人であることを示したのだが、この辺に少し矛盾がある。廊下で彼女は荒い息使いを聞き、夫の寝室に首を突込んで、スイッチを押した。ベッドは空だった。応接間との境のドアは開いたままだったので、いつものように、安楽椅子で眠ってしまったのだろうと思い、そのまま二階に上った。

また少したって、手洗所へ行くために廊下へ出ると、ストーナーが階段の上の手摺《てすり》から、下を見下ろしていた。

「どうかしたの」と彼女はきいた。

「なんでもない。灯が全部消えてるかどうか、見てたんだ」と相手は答えた。

さらに十五分して、アルマはイレーヌの部屋へ行って、翌日のブリッジポート行のことを話した。

部屋へ帰って十分ぐらい経つと、ストーナーがベッドに入って来た。ひどく興奮し、取り乱していた。

「どうしたの、一体」と彼女はきいた。

ストーナーは面倒なことが起きたのだが、言うのはやめると言った。彼女に言ってごらんなさい、とすすめられて、ストーナーはやっと口を切った。

「きみはブリッジポートへ行けやしないよ」

ラトンバーリ氏に怪我さした、木槌で頭をどやしつけてやったと言った。

「ストーナーは自分のしたことを考えて、ふるえていました。主人がブリッジポートへ行けない程度に、傷つけるつもりだったと思います。『あたし、見て来なくちゃ』と言いますと『行っちゃいけない。ぞっとする眺めだぜ』しかしあたしは手当すればなおると思いました」

アルマはストーナーが、ブリッジポート行を妨げるために、ラトンバーリ氏を打ったという印象を法廷に与えたいらしかった。

そして実際これが無智なストーナーの頭に宿った、唯一の考えであったかもしれないのである。一度打っただけでは不充分と思い、さらに第二打を加える。嫉妬に燃えた彼の心が、旅行を止《や》めさせるために、早く、なにかをしなければならない気持にかられていた、のはあり得ることである。

旅行が実現すれば、彼はラトンバーリ夫妻を乗せた車を運転しなければならぬ。向うでは下男部屋で食事をし、無論アルマに近づくことは出来ない。ロンドンで恋人との平等を楽しんだ直後であるだけに、これは堪え難いことである。動機として不充分と言う人もいるかもしれないが、そう言えば大抵の殺人の動機は不充分なのである。アルマはストーナーより二十も年上だったから、犯行は彼女がけしかけたものではないかというのが、従犯の有無についての問題点だった。しかし年上の女が男に対して支配的なのは表面だけで、実は逆に支配されている場合が多い。ただ前にも書いたように、ストーナーの嫉妬がここまで来ることを予測しなかったのは、アルマの責任と言うことが出来る。

こうして事件の真相は、次第に明らかになって行ったのだが、アルマが無罪判決をかち取るまでには、まだ遠かった。彼女は現場に赴いた警官に自分が打ったと言い、翌朝も同じ供述を繰り返している。彼女があとで、これを翻すにいたったのは、前述のように、連れ子のクリストファーの懇願によってである。有罪になれば、彼女は相続権を失い、従って十三歳の少年は無一文で、犯罪人の子供という烙印だけを押されて、社会へほうり出されねばならぬ。

彼女が真実を述べ出したのは、自分で罪を主張することがストーナーを救うのに役立たず、ただクリストファーの未来を損うだけだ、と弁護士に説得されたからだった。最初の供述をした時、彼女は酩酊していたし、翌朝それを確認した時は、医師が与えたモルヒネのために、精神朦朧《もうろう》の状態にあった。警部は彼女の言うことをメモに取り、彼女はあとで署名したにすぎない。しかしこの告白は「直後」にされたものであるだけに、その信憑性《しんぴょうせい》を覆すには、数多くの証言がなされねばならなかった。

家政婦イレーヌ・リッグスは女主人の叫び声を聞いて、下へ降りた。ラトンバーリ氏は安楽椅子にぐったりとなっており、片眼はすっかりはれ上っていた。床には血の池が出来ていた。アルマは絶えず、

「かわいそうに、なんとかならないものかしら」

と繰り返した、とイレーヌは言っている。アルマは小さなジョンに見せないように、血を拭くことを命じた。それからウイスキーを飲み始めた。

十一時四十五分に到着したオドンネル医師は、彼女がもう酔っているのを認めた。病院で手術をすませてから、(三つの傷は、どの一つを取っても、それだけで致命傷となり得るものであった)三時半ラトンバーリ家へ帰ると、家中の灯がつき、蓄音機が鳴っていた。

彼は蓄音機を止め、アルマに事態の重大さを呑み込ませようと努めたが、アルマは彼の言うことが理解出来ないようだった。彼女はますます酔って来た。ミルス警部に彼女は言った。

「ええ、あたしがしたんですとも。長生きしすぎましたからね、あの人は。朝になったら、木槌のあり場所を教えるわよ」

アルマはオドンネル医師にモルヒネで眠らされた。

翌朝の八時半、彼女はベッドの傍へ寄って来た警部に言った。

「三月二十四日の夜九時頃、夫とトランプをしている時、殺してくれと頼まれました。あたしが木槌を持つと、彼は『勇気がないだろう』と言いました。あたしは打ちました。槌はそとへかくしました。拳銃があったら、射《う》ったんですけど」

彼女は供述調書を声高に読み上げ署名した、と警部は言っている。しかしオドンネル医師は、この時間にはまだモルヒネが利いていて、筋みちの立ったことを言える状態になかったはずだと証言した。この時すぐ警察医の診断を求めなかった怠慢を、警部は率直に認めている。アルマ自身は供述調書に署名したことを完全に忘れていた。

九時すぎ警察へ行くために家を出る時、アルマはイレーヌ嬢にささやいた。

「ストーナーから槌をもらって、あたしに渡して頂戴」

ストーナーは槌は庭にかくしたと言っていたからである。これは重大な証言だった。

イレーヌはアルマが恋人をかばおうとしているのだと思った。しかし、スキャンダルが表向きになるのをおそれて、黙っていた。警察はイレーヌから話を聞こうとしたが、ストーナーは彼女をひとりきりにしなかった。彼は彼女にこっそり自分がなにをしたかを、告白した。

沈黙を守るのは辛いことであった。イレーヌはカトリック教徒ではなかったが、三日後の水曜日、教会へ行って告解した。その夜の十時半、彼女は母の家を訪れ、ストーナーが酔っ払って、

「ラトンバーリの奥さんを警察へ渡したのはおれなんだ」

とわめきながら、そとを歩いていると告げた。彼は二人のタクシー運転手に連れ戻された。イレーヌは警察に電話し、二人の平服の刑事が来た。ストーナーはベッドで眠っていた。これは大変珍しいことだった。ストーナーは酒を飲まず、この点ではアルマにいい影響を与えていたのだから。

翌日、オドンネル医師のすすめによって、イレーヌは警察にすべてを告げる決心をした。その日ストーナーはロンドンへ行っていたが、夜、ボーンマスへ帰ったところを、駅で逮捕された。

この時嫌疑は殺人になっていた。手術のかいもなく、ラトンバーリ氏は死んでいたからだ。

二人の被告人がかばい合っていることが、弁護人の仕事を困難にした。新聞は事件を大きく扱った。或る新聞の主筆はラトンバーリ夫人が回想録を書くなら、五百ポンド出すと申し出た。金額は三千五百まで釣り上げられたが、アルマは拒絶し続けた。アルマの弁護人は彼女の経歴が、陪審員に悪い印象を与える性質のものであることを認めた。しかしそれと同じ程度に、正しい判決を下すのはむずかしいだろうと指摘した。

「ストーナーの罪は、彼女の放縦な性情の結果、惹《ひ》き起されたのかも知れません。しかしわたしは罪はそれとは別に裁かれなければならないと信じます。ラトンバーリ夫人がいなければ起らなかったかもしれない犯罪を惹き起したとお考えになる方がいるなら、まず自分の心に問うてみられるがよい。最初の石を投げる勇気のある方が、お投げになるがよい」

裁判長は、四日間をロンドンですごした二人に、ラトンバーリ氏がなんの質問もしなかったとは信じにくい、と指摘しただけであった。

陪審員は四十七分の後、法廷に現われ、ラトンバーリ夫人に無罪、ストーナーに有罪の評決を与えた。ただし刑の軽減の勧告が付け加えられてあった。

アルマの従犯の有無についてもう一度の評決が行われ、これも無罪になった。

彼女は釈放され、オドンネル医師の世話でしばらく病院に入っていた。退院の日、彼女はまっすぐ家へは帰らなかった。汽車に乗って、以前ストーナーと「不倫」を冒したといわれた場所へ行った。小川の岸に坐り、封筒の裏やその他の紙切れに、もし真実を告げることを強要されなかったら、決してストーナーに不利な証言はしなかったろうと書いた。自分の跡をつけ廻す新聞を非難し、自分の経歴と性格に対してなされた誹謗《ひぼう》に抗議した。無罪にはなっても、子供を育てる資格は失われた、他家の子供は彼女の家へは来ないだろう、彼女が生き続けるのは、子供達のためにならないと思うと書いた。それから小刀で、六度胸を突き、川に落ちて死んだ。

記録者はこの「六度」という数字に、貞婦ルクレチヤに比すべき勇気をほめたたえている。ローマの軍人でさえ、地上に剣を立て、その上に身を投げることが、自殺の勇気の限度だったと指摘している。

事件の経過を通じて、アルマの子供達に対する気遣いは一貫している。彼女はストーナーに対しても、年老いた夫に対しても、母性的だったようである。眼の前に現われる人のすべてに対して、母性的だったのかもしれない。

母性とは一種の自己犠牲の衝動である。自己破壊の欲望と裏腹のものかも知れない。

彼女の不安定な経歴と、「六度」の勇気は、ここから説明されるかもしれない。

ストーナーは判決に異議を申立てなかった。彼はやはり死刑になった。

# 誤判

ジェイムス・メイブリックはリヴァプールの綿花《めんか》輸入商で、一八八九年五月十一日に死んだ時は五十歳であった。

商用でアメリカに渡る機会が多く、八年前アラバマ州モビルの銀行家チャンドラーの娘フロレンスと結婚した。二人の子供が生れた。彼はストリキニーネと砒素《ひそ》の常用者であった。当時これらの劇薬は強壮剤、催淫剤とされていた。

フロレンスは夫より二十四歳年下であった。一八八九年三月二十一日、彼女はロンドンのフラトマン・ホテルに、トマス・メイブリック夫妻の名で部屋を予約した。しかし次の日彼女といっしょに来たのは夫ではなく、ブライヤリイという男であった。彼等は夫婦として二日を過し、二十四日に去った。

フロレンスはロンドンの友人の家を泊り歩き、二十八日にリヴァプールに帰った。次の日、彼女は夫といっしょに競馬場に行き、ブライヤリイに会った。

帰宅後、激しい争いが起り、夫は妻を打った。妻も夫の品行を非難し、家を出ると言い張った。しかし最後には、子供のために、和解が成立した。ジェイムス・メイブリックは妻が勝手に作った借金を払った。

四月二十三日か二十四日、フロレンスはエグバースの薬屋で、ハエ取紙を一ダース買った。台所にハエが殖えて困ると、彼女は言った。二十八日また二ダースのハエ取紙を、近所の薬屋で買った。ローションをいっしょに買ったが、ハエ取紙だけ持って帰った。これらのハエ取紙は砒素を含んでいた。

二十三日か二十四日、メイブリック家の女中は、夫人が寝室でハエ取紙を水で洗っているのを見た。彼女はあとで美髪用に砒素を取ったのだと言った。薬学士ダーヴィスは法廷で、ハエ取紙は二グレイン（一グレインは約〇・六五グラム）の砒素を含み、一時間水に浸すことによって、四分の三グレイン取れると証言した。

ジェイムス・メイブリックが最後に発病したのは、四月二十七日と言われている。朝、彼はひどい嘔吐の発作を起したが、彼自身は前日ロンドンから郵送を受けたストリキニーネを飲んだせいだと言った。夜は二、三人の友人と夕食を共にするくらい恢《かい》復《ふく》していた。しかし手がふるえ、ブドウ酒をこぼしたりした。

翌日、彼は寝込んでしまった。朝からブランデーを飲んでいたので、フロレンスは吐剤として、カラシと水を与えた。かかりつけの医師ハンフリイ博士が呼ばれた。患者は胸の痛みを訴え、身体《からだ》がしびれるような気がすると言った。

主治医はメイブリックがロンドンの医師にストリキニーネを処方して貰っているのを知っていたので、この劇薬の中毒だと思った。フロレンスは以前彼に、夫が白い粉薬を度々飲んでいると言ったことがあった。

夕方病人は少し恢復した。次の日、再び患者を見舞ったハンフリイ博士は、慢性の消化不良と診断し、食餌療法《しょくじりょうほう》を命じた。五月一日、患者はすっかりよくなったように見えた。彼はそこでもう往診の必要はないと思うと告げた。

四月三十日の夜、フロレンスは義弟のエドウィンと仮装舞踏会へ行った。ハエ取紙から抽出した砒素は、この晩の化粧のためだと、彼女はあとで供述している。

前世紀の終り、砒素が男女共化粧に用いられたことについては、少し説明を要する。誰が言い出したのかあきらかではないが、十八世紀の中頃からこの劇薬の適量を飲むことは、顔の艶をよくし、眼の輝きを増すと信じられていた。気分を爽快にし、精神を鎮《しず》めるから、山登りをする男子にも、有効であると書いた本もある。

つまり現代のホルモン剤に似た効用がうたわれたわけだが、飲用だけではなく、顔料に混ぜることが考案されたのも、ホルモン剤に似ている。女性はしかしその魅力が生れ付きのものではなくて、毒薬のせいだと人に知られるのを欲しなかったので、多くの婦人がこっそり砒素を入手するのに苦心した。

グラスゴーのマドレーヌ・スミスをはじめ、この時代毒殺の疑いを受けた婦人は、みな化粧用に砒素を買った、と法廷で述べている。そしてそれは時代の流行にかんがみて、一概にいつわりとすることは出来なかった。医師と新聞の啓蒙によって、現在この悪習は無論消滅している。しかしこういう劇薬の魔術的効果に対する信仰は、一九一〇年頃まで存続したという話である。メイブリック氏が強壮剤としてストリキニーネと砒素を愛用したのも、同じ信仰に基づいていたのである。

とにかくメイブリックは恢復し、毎日事務所に出た。しかし五月三日の夜、再びハンフリイ医師が呼ばれた。患者は臀部《でんぶ》から膝頭《ひざがしら》にかけて、激しい痛みを訴えた。医師はモルヒネを処方した。次の日痛みは去ったが、モルヒネのせいか、吐気《はきけ》が始まった。渇きもあった。しかし医師はなにも飲んではいけない、濡れた布を口にあてがって、喉の渇きを慰めるがよいと勧告した。六日、医師は患者の要求により、弱い砒素の溶液を処方した。患者の摂《と》った量は二百五十分の一グレインであった。七日、フロレンスの乞いによって、もう一人の医師カーター博士が立会った。看護婦が付けられた。カーター博士も病気は重い消化不良であり、多分胃中に異物が出来ているためだろうと言った。病気は小康を保っているように見えた。

五月八日の水曜日は、医師達の間に、メイブリック氏の病気の原因が、フロレンスにあるのではないかという疑いがきざした最初の日である。この日看護婦のアリス・ヤップは、メイブリック氏の二人の友人に、フロレンスがハエ取紙を洗った事実を告げた。その友人の一人、ブリッジス夫人は、ロンドンに住むメイブリックの兄ミカエルに「スグコイ、オカシナコトガオコッテイル」と電報した。

看護婦がもう一人付添として雇われたが、同じ家に住む弟のエドウィンは、彼女に看護婦以外の人間を、患者に近づけてはならないと命令した。

三時、フロレンスはアリス・ヤップに一通の封書の投函を依頼した。表書には「A・ブライヤリイ様」とあり、宛名はリヴァプール市内であった。アリスは手紙を開封した上、エドウィンに渡した。夜になってロンドンから着いたミカエルも手紙を見た。翌日、ミカエルはフロレンスの不義とハエ取紙の件を二人の医師に話した。

彼女の手紙はブライヤリイが六日に書いた手紙に対する返事であった。その手紙も後になって発見されたが、ブライヤリイはメイブリックが二人のロンドンでの行動を、広告によって探し出すかもしれないから気をつけろと警告していた。自分はしばらく町を離れるつもりだが、秋には帰って来る。いまはあの「不幸な出来事」について、なにも書く気はしないが、彼女がこの前の手紙で書いて来たような非難を受けるおぼえはない、と書いてあった。フロレンスの投函されなかった手紙にはこうあった。

「ロンドンから帰ってから、ずっとメイブリックに付ききりで看病しています。彼は死にそうです。お医者達は昨日相談していました。いまは彼の体力がどれだけ保《も》つかということだけが問題です」

彼女はそれから夫は何も知らないから安心せよ、出発する前に一度会いたいと付け加えていた。ブライヤリイの手紙がどっちかといえば冷淡なものであったのに引きかえ、フロレンスの手紙には愛情が籠《こも》っていた。

五月九日、手紙が読まれているのを知らないフロレンスは、アリス・ヤップに言った。

「あたしが非難されてるのを御存じ？」

「なんのことですか」

「夫の病気が悪いことです。万事ハンフリイ先生の指図に従い、出来るだけのことはしたつもりなのに」

この日、患者は下痢し、容態はよくなかった。尿が検査されたが、砒素は発見されなかった。

付添看護婦のコーア嬢は夜十一時にアリスと交替した。真夜中頃、患者は少量の肉汁を摂った。フロレンスが病室へ入って来て、戸棚の抽出《ひきだ》しから肉汁のビンを取り出し、寝室に続く化粧室に去った。毎晩そこで彼女は眠る慣わしだった。彼女はドアを後手にしめたが、しばらくしてまた病室へ入って来て、患者の頭を冷やしたいから、氷を割って来るように看護婦に命じた。話しながら彼女は肉汁をそばのテーブルにおいたが、看護婦の意見によると、「なにかいわくありげな」おき方だったという。

看護婦は口実をもうけて、婉曲に命令を断わり、部屋を出なかった。フロレンスは一旦化粧室に戻ったが、すぐ引き返して来た。ビンをテーブルから洗面台に移して、出て行った。この肉汁のビンとブランデーのビンは次の日検査された。肉汁からは一グレインの砒素が検出された。

同じ日、兄のミカエルはフロレンスがなにか薬を小さなビンから大きなビンに移しているのを見た。彼は言った。

「薬は看護婦にまかせたらどうだい」

「このビンはおりがたまってるわ。大きいのに入れた方が、よくまざります」と彼女は答えた。ビンの内容は後に分析されたが砒素はなかった。

午後、看護婦が薬を飲ませようとしている時、フロレンスはそばから言った。

「お飲みにならなきゃ駄目よ」

「お前は、また薬を間違えたんじゃないか」

「なにを言ってるのよ。あたし間違えたことなんかないわ」

六時頃、別の看護婦は廊下で夫婦の問答を聞いた。

「おい、なぜそんなことをするんだい。それはお前の役目じゃない」

病人は三度、同じ言葉を繰り返した。フロレンスは答えた。

「まかせとけばいいのよ。おじいちゃん」

彼女は病気の原因は、お医者の言いつけだから教えられない、とも言っていた。

これらの事実が、みなフロレンスに対する悪い先入見を持った証人によって、述べられたことを、忘れてはならない。とにかくこの日のうちに容態は著しく悪化した。夜、危篤の報《しら》せで親類が全部集った。次の日の朝、医師達は絶望を宣言した。夜の八時半、ジェイムス・メイブリックは死んだ。

その少し前にフロレンスは卒倒し、二十四時間うわ言を言い続けた。五月十八日ウォルトンの拘置所に入れられるまで、一週間、彼女はベッドを出られなかった。

メイブリックが絶望を宣せられた時から、家探しが始まっていた。フロレンスの有罪の証拠が目標である事はいうまでもない。看護婦アリス・ヤップはフロレンスのトランクの揚底から、「殺猫《さつびょう》用砒素」とはり紙したビンを見付けた。ブリッジス夫人は病室に接した化粧室にあった二つの帽子箱を調べたところ、一つからは三つの肉汁のビン、他方からはミルクの入ったコップと、ぼろ切れが見付かった。どれからも相当量の砒素が検出された。フロレンスのドレッシング・ガウンのポケットやハンケチにも砒素の痕跡があった。故人がロンドンのフラー医師の処方によって、リヴァプールの薬屋で調合させた下剤の中にも砒素があった。洗面器の底のおりにも砒素があった。メイブリックの事務所から二十ばかりのビンや薬箱が集められたが、そこには砒素がなかった、しかし彼が家から持って来た弁当箱には砒素があった。それをあたためた鍋にも砒素の痕跡があった。

砒素の致死量は二グレインであるから、五十人の人間を殺すに充分な砒素が集められたわけである。しかし捜索はすべてメイブリック家の人々によってなされたので、それがどこに存在したかについては、正確に言えば、なんの証拠能力もなかったのである。

五月十三日、ハンフリイ、カーター、バロンの三医師が検視した。外見上、毒物による胃腸の炎症による死という点で、意見が一致した。胃の内容物と腸と肝臓が、封印されたビンに保存された。十四日、地方警察のブライニング警部がフロレンスの病室に来て、彼女が夫を毒殺した嫌疑で、臥床《がしょう》のまま拘置されると告げた。

同じ日の午後、ブリッジス夫人が来て、砒素が肉汁の中で発見されたと告げた。フロレンスが抗弁しようとすると、戸口に立っていた警官が、そのことについて、会話を続けてはならぬと言った。

フロレンスは友達に知らせたいのに、電報料もないと嘆いた。ブリッジス夫人は意地悪く、ブライヤリイに手紙を出して、金を借りればいいと言った。フロレンスは忠告を真面目にとって手紙を書いた。

「あなたの前の手紙は警察の手に渡りました。状況は不利ですが、神に誓ってあたしは無罪です」とフロレンスは書いていた。ブリッジス夫人の指図で、彼女は手紙を警官に渡し、投函してくれるように頼んだ。手紙はそのまま証拠として没収された。

地方紙は事件をセンセーショナルに報道し始め、噂が噂を呼んだ。この間にフロレンスの身柄はウォルトン拘置所の付属病院に移されていた。イギリスの刑訴法では、死因を決定し、事件を裁判に付すべきかいなかを決定するのは検視審問の陪審員であるが、メイブリックの死体の解剖がすむまで評決は延期されていた。六月五日、初めて死因について証拠が提出された。専門家は肝臓に砒素を、腎臓と腸に砒素の痕跡を、見出したと報告した。量は全部で十分の一グレインであった。胃、脾臓《ひぞう》、心臓、肺臓に砒素の痕跡はなかった。胆汁その他分泌物にも痕跡はなかった。

陪審員は全員一致でメイブリックが毒を飲まされて死んだものと認めた。そして大多数は毒を飲ませたのがフロレンスであり、しかも殺人の意図をもってしたという意見であった。評決は従って謀殺である。フロレンスは次回のリヴァプールの巡回裁判に付せられることになった。

裁判を受ける場所にロンドンを選んだ方がいいのではないかという問題は、フロレンス自身も弁護士も真面目に考えていた。フロレンスがブライヤリイと不倫の関係にあったということは、リヴァプール市民の間から選ばれる陪審員に悪い先入見を与えることが、予想された。しかし結局そういう偏見は、ジャーナリズムに現われたほど強いものではあるまいというのが、弁護人の一致した意見であり、フロレンスもそれに従った。偏見がないなら、現地の裁判所は忌避しない方が賢明なのである。主任弁護人は王室裁判所評議員、サー・チャールズ・ラッセルであった。

裁判は六月二十六日に開かれた。裁判長ジェイムス・スティーヴン判事は刑法史の大家であると共に、文芸批評家であり、サターディス・レヴューに寄稿して、マコーレーと論争したことがあった。しかし数年前、競馬見物中卒倒してからは健康すぐれず、この裁判は彼にとって、五年ぶりに担当した事件であった。二年後、彼は正式に引退する。

弁護人サー・ラッセルも申分のない経歴の持主である。専門は民事であったとはいえ、グラッドストンの司法大臣としての短い任期中は検事総長であったし、アイルランド自治党の弁護に成功したばかりであった。

リヴァプールの綿花貿易商の妻の殺人事件には、すこし立派すぎる顔触れといえる。しかし実際は裁判長が恢復したばかりの病人であり、弁護人が困難な政治的事件に精力を消耗した直後であったということが、事件の扱いに手落ちを生ぜしめた原因の一つではなかったかと言われている。

裁判の始まる前、ラッセルは友人に無罪にする自信があると言ったという。主席検事は王室裁判所のジョン・アジソン氏であった。裁判はまず状況証拠の開示から始まった。既に物語った多くの証人が証言台に立って、その見聞した事実を述べた。

それから医学上の証人があらわれた。検察側の証人は、司法解剖医トマス・スチブンスン博士であり、弁護側の証人は、ロンドン市立病院のチャールズ・タイディ博士であった。そして両者が証言台で対立するのは、初めてではなかった。メイブリックが胃腸障害で死んだことには異論はなかったが、それが四月二十七日から五月八日までの間に飲んだ砒素の中毒によるものか、それともなにかほかの食物にあたったためか、について激しい議論が戦わされた。メイブリックの体から抽出された砒素が、半グレイン以下であることは双方同意した。しかしこの微細な量が、この二週間の間にフロレンスによって盛られた砒素からの残留物であるか、それとも故人のような砒素常用者の体内に自然に蓄積したと考えるのが適当であるかについては、一致しなかった。

もう一つの重要な争点は、故人が病中に示した症状が明白な砒素中毒を示していたかどうかである。中毒には激しい下痢、高熱、胃底の激痛、腓《こむら》の痙攣《けいれん》を伴い、死後胃壁に血斑が見出されるはずである。このうちメイブリックに確認されているのは、高熱と胃痛だけである。裁判長はこの点を正しく「死体は死因を砒素中毒と決定するに必要な徴候を欠いています」と、説示の中で指摘した。

しかし検察側のスチブンスン博士は、それらの徴候はいつも現われるとは限らないと主張し、明白に致死量の砒素の嚥下《えんか》による死と断定した。弁護側のタイディ博士ほか一名は、欠如している徴候の多すぎることは、砒素中毒ではない充分の証拠であると主張した。弁護人は、専門家の間にこれだけ意見の相違がある以上、故人が砒素によって死んだと確信することは、誰にも出来ないはずだ、と陪審員に訴えた。

弁護側は三人の証人をアメリカから呼んでいた。メイブリックの取引先の商人は、故人がアメリカ滞在中砒素を常用していたと証言した。リヴァプールの一薬剤師は写真によって、これは過去十八カ月間、店へ砒素を買いに来た紳士だと証言した。そして一回の使用量は次第に増し、最後には一日三分の一グレインに達していたと付け加えた。

この薬剤師の住所は、メイブリックの死後事務所から発見された数多い薬用瓶の、ラベルに書かれた住所と、GとHが入れ替っているだけであった。サー・ラッセルは不幸にして、証拠を保管した警察官の、写し違えの可能性に思い至らなかった。

フロレンスのヘヤ・ドレッサーが立って、砒素が美髪用に使われたことを証言し、ハエ取紙を売った薬屋の主人は、四月二十三日にはリヴァプールにはハエは全然いなかったと言った。リヴァプールの前市長サー・プールが法廷に現われ、劇薬常用について、メイブリックに忠告したことがあると証言した。

弁護人は、被告フロレンスには検視審問の開かれる前から、陳述の希望があったにも拘《かかわ》らず、機会を与えられずにいることを指摘し、法廷でそれが許されることを、裁判長に願い出ていた。裁判長は陳述がメモに基づくのは自由だが、口頭で行われることを条件にして許可した。

彼女は自分がどうして砒素をハエ取紙から洗い出したかを述べた後、問題の五月九日の肉汁について、次のように述べた。

「入って行くと付添看護婦が夫にビーフ・ティを与えているところでした。ベッドの傍《そば》へ坐ると、夫は熱が出た、気分がすぐれぬと言いました。そしていつもの白い粉を飲ませてくれとせがみました。夫が毒にならないと確信していますし、私も疲れていたので、言う通りに飲物に入れてやる気になりました。私には家中には友達もなければ、相談相手もありませんでした。主婦である私に、病気の夫を看護することが許されないのです。死ぬ数日前など、ひとかけらの氷すら、私の手から夫に与えることは許されませんでした。しかし夫は結局私をあてにしていたのです。粉は夫の言ったところにありましたので、ビーフ・ジュースのビンといっしょに、化粧室へ持って入りました。ドアを開ける時、こぼしてしまったので、あとは水を入れ、粉も入れて引き返しました。その時夫は寝入っていましたので、ビンを窓際のテーブルの上におきました。夫は目を覚ますと、喉がつまるようだと言い、吐きました。発作はまもなくやみました。その時はもう粉のことは忘れたようだったので、私は彼がビンに気がつかないようにと思って、テーブルから洗面台へ移したのです。それをあとでミカエルに見つかったのです」

供述は付添看護婦の証言と一致しないこともなく、真実を述べているようにも見える。しかし彼女が自分で問題の砒素を肉汁の中へ入れたことを、陪審員の前で、自分の口から述べる必要はなかった。

いかに彼女の強い希望があったにせよ、それを許したのは、弁護側の重大な過失であった。サー・ラッセルは彼女の陳述を補強する二人の証人の喚問を請求したが、これは却下された。

検事アジソンは当然ハエ取紙を買う時、なぜその真の用途を薬屋で言わなかったのかと追及した。そして夫の病気が重い時、肉汁に薬を入れるのを夫に頼まれたのなら、常識ある妻のなすべき第一のことは、医者に相談することではないかと指摘した。

最終弁論において、サー・ラッセルは再び医学上の証言の矛盾を突き、検察側が遂に死因を確定出来なかったことを強調した。検事アジソンは医学上の証拠にはあまり触れず、フロレンスが夫に砒素を飲ませた事実に、陪審員の注意を向けた。これこそ愚かにもフロレンスが法廷における陳述によって、自ら認めてしまったことであった。

スティーヴン裁判長の説示は二日続いた。彼は事件の意外のむずかしさに参ったように見えた。日付を間違えたり、事実を取り違えたり、同じ証言を反覆して引用したりした。これまでのサー・スティーヴンにはなかったことだった。

第一日の説示は、主として医学上の証言に関するもので、概して被告に有利であった。しかし二日目、フロレンスの行状、動機、問題の日に取った行動のことになると、明らかに不利になって来た。二つの部分を綜合して、彼は言った。

「本件には実際重大な嫌疑を形づくるに足る三つか四つの状況証拠があります。そして事件の物理的化学的乃至《ないし》医学的状況はどうあろうとも、その状況証拠が嫌疑を深める性質のものであるなら、みなさんはそれが既与の証拠を強化するかいなかを、考えねばなりません。……もしみなさんが或る人の砒素中毒で死んだことを知り、別の人がその皿に砒素を入れたことが立証されているなら、そしてその人の与える弁明が満足すべきものでないなら、それは充分考慮すべき問題です」

しかし彼は説示の終りには、再び医学的証拠に戻り、メイブリックが果して砒素中毒で死んだかどうかは非常に疑わしいと述べた。しかも最後には「被害者が中毒で死に、その毒が砒素であることが示されているのが、大事な点です。彼が砒素のために死んだということは、被告に不利な評決の基礎でなければなりません」と結んだ。

四十五分協議した後、陪審員は有罪の評決を持って、法廷に現われた。裁判長は直ちに死刑の判決を下した。裁判所を出ると、彼は裁判の結果を待って、そこに集っていた群衆から、敵意の表明を受けた。

国民は有罪の判決に非常に驚いた様子だった。次の日のタイムズ紙は書いた。「国民が被告の有罪を確信していないことを隠す必要はない。医者が死因について、意見の一致を見なかったことを忘れてはならない」

国中から内務省に殺到した懇願状は五十万通を越えたと言われる。リヴァプール株式取引所の評議員の署名もあった。市の開業医協会の一員は、生前、死後の徴候など取るに足らない、ただ内臓内の砒素の量だけが決定的な要素であると指摘した。しかも被害者の体内に見出された量は、これまでの例で最少のものである、と付け加えてあった。

裁判批判は自由だったから、タイムズなど有力紙が医師、弁護士、砒素常用者、故人の友人などから、アンケートを集め出した。「メイブリック夫人を守る会」がロンドンとリヴァプールで持たれ、国会議員も連署した減刑嘆願書が、女王や皇太子に送られた。

検視審問でフロレンスを代弁したクレヴァー氏は、内務省に宣誓供述書を送り、検視審問に証拠が出される前に、彼女が二人の医師に、夫が白い粉薬を常用していたと告げた事実を述べた。九日の夜肉汁に薬を入れた経過に関しても、法廷の陳述よりはるかに説得的な細部に充ちた陳述をしたと証言した。

アメリカでメイブリックを知っていたリッジは、故人が砒素とストリキニーネを常用していたことを誓い、フロレンスの愛人ブライヤリイ（彼の年齢、職業が記録されていないのは、公判廷に出なかったからである）は、フロレンスとの情事は、三月にロンドンに泊った二日間だけにすぎず、その後は第三者のいる前でなければ会わない申し合せが出来ていたことを誓うと言明した。

ロンドンに帰るとすぐ、スティーヴン判事は内務大臣と長い会見をした。八月十六日再び会議が持たれ、弁護側の医学上の証人タイディ博士も出席した。

八月十七日のランセット紙はフロレンスに不利な長い論文を載せた。同日付「イギリス医学週報」は七人の法医学の権威からアンケートを募ったが、そのうち四人は評決を支持していた。同紙リヴァプールの特派員は「事件は疑う余地の残らない性質のものだ」と書いた。権威に媚《こ》びるのに喜びを感じる人間は、いつの時代にもいるものである。

八月二十日と二十一日に、内務大臣とスティーヴン判事の会見があった。二度目にはアジソン検事も出席した。弁護人ラッセルはハンブルクに旅行中で会議に加わらなかったが、裁判の直後、彼は長い覚書を内務省に提出していた。八月二十二日の朝、収監中のフロレンスが庭に絞首台の建つ音に耳を澄ましていた時、刑を終身刑に減ずる特赦状が届いた。

「証拠は明らかに被告がその夫を殺害する意志をもって砒素を飲用せしめたることを示すにも拘らず、彼の死が果して砒素の飲用によって惹起《じやつき》されたかいなかの疑問を、全く排除するにあらざるをもって……」

次の日のタイムズは書いた。「メイブリック夫人の事件は恐るべき猜疑心《さいぎしん》の結実であった。しかもすべては言われたにも拘らず、遂に道徳的安心については、問われなかった。陪審員は適当に導かれたならば殺人未遂の評決を出したであろうに」

内務省の決定については「八方円く収めた処置」と皮肉った。

一八九一年に真実を再検討する機会があった。フロレンスの代理人クレヴァー氏は、故ジェイムス・メイブリックの生命保険二千ポンドの受取方を、相互生命保険会社に申立てた。事件が陪審にかけられ、フロレンスが証言台に立たされたら、彼女の有罪無罪が新しく問われたかもしれない。しかし法律はクレヴァーをフロレンスの代理人と認めなかったので、申立が却下されただけで終った。

一八九二年内務大臣が変ったのを機会に、フロレンスの釈放運動が起されたが、国家は頑強に一度下した判決を固守した。アメリカの国務省は彼女がもともとアメリカ人であったことを思い出した。西も東もわからぬ年頃に外国人と結婚したため、その国の野蛮な法律によって迫害されていると見なし、イギリス政府に身柄の引渡しを要求した。これは無論拒否された。一八九四年、一八九八年に、多くの人たちによって、再審、釈放の請求が繰り返されたが無駄だった。

フロレンス・メイブリックが十五年を刑務所で暮した後、突然理由なく釈放されたのは一九〇四年の一月である。刑事控訴院が設けられたのは、さらに十五年の後である。

# サッコとヴァンゼッティ

サッコ、ヴァンゼッティという二人のイタリア人を死刑にしたことは、アメリカの裁判史上の汚点として残っている。七年間、法廷の内外で闘争が行われたのも、異例のことだった。殺人事件はさっさと片づけられるのが、陪審裁判の例だからである。

一九二七年、両人に最後の判決を言い渡すセイヤー判事は、被告の顔を正視出来なかったと言われる。アメリカ中の知識人はみな被告の味方だった。小説家ドス・パソス、女流詩人ミレー、大学教授フランクフルターが被告の擁護を発表し、外国ではロマン・ローラン、アインシュタイン、アンリ・バルビュスなどの知名人が反対の声明を出した。

二人は無政府主義者だったから、全世界の団体が抗議したことはいうまでもない。日本でも草野心平氏などが抗議文を送った。政権を取ったばかりのムッソリーニまで大統領に抗議したのだが、これらはかえってアメリカ人の自負心を傷つけたかもしれない。

事件はアメリカ諸州の中でも頑迷固陋《ころう》の誉れ（？）の高い、マサチューセッツで起っていた。特赦を発動すべきかいなかについて、ハーヴァード大学総長ローウェル以下三人の学識経験ある人物が諮問《しもん》されたが、彼等は裁判手続に遺漏はなかった、従って死刑判決は妥当であると答申した。「ボストンの街の人々の意見も、右ローウェル委員会のお偉《え》ら方の意見と完全に一致していた」と処刑直前ボストンに行って二人をインタヴューした新聞記者フィル・ストングは書いた。(イザベル・レイトン編『アスピリン・エイジ』〈一九四九年〉に収録された本文による)「少なくとも一般の人々は、二人の被告人は、殺人事件のためではなく、いまわしい政治上の主張をふりまわしたために、起訴されたのだと信じて疑わなかった。奇妙なことには、二人に対する批評が、二人の属していた階級に近づけば近づくほど、悪意にみちたものになることだった。たとえば、本屋の店員にとっては、二人はただ単に『赤』にすぎなかった。ところが煙草屋のおやじとなると、『赤の野郎』となり、タクシーの運転手となると、『赤の糞《くそ》野郎』になり下ってしまうのである。ボストンの街で、わたしは三十人から四十人の人々にきいてあるいてみたが、そのうち判決に反対したのは、二人にすぎなかった」(木下秀夫訳、一九五一年、岩波書店)

事件は、フランスのドレフュース事件と共に、裁判に政治がからむと、いつも引き合いに出されるから、多くの読者はその輪郭は知っておられることと思う。四十年前の事件で、捜査には手落ちがあり、現代の日本の警察ほどにも「民主的」ではなかったようである。被害者の一人の死体から抽出された弾丸が、サッコ所持の拳銃から発射されたものであることは、法廷で「立証」された。しかし「いんちきは簡単である」とストング記者は書いている。「死体から出た弾丸を、ぽんと窓からほうりだし、サッコのピストルから新しい弾を発射すればよろしい」被告を有罪にするためには手段を選ばぬ昔の検事が、これくらいのことをやるのは朝飯前だったことは、今日では常識となっている。事件の二年後発見された弾丸が、証拠として法廷へ持ち出されるのは、現代日本の「白鳥《しらとり》事件」ぐらいのものである。

以下は従ってサッコ、ヴァンゼッティ事件の全貌を伝えるのが目的ではない。事件より七年目の一九二七年二月、フェリックス・フランクフルターが「アトランチック・マンスリー」に裁判批判を連載したが、フランクフルターは現在は州高裁判事、当時はハーヴァード大学法学部教授であったから、これは田中長官も許容する「アカデミックな裁判批判」に入るわけである。専門家の書いた裁判批判がどういうものであるかを紹介して、大方の参考に供するのが筆者の意図である。

フランクフルターは自分の論文が数千頁に上る裁判記録に基づいたものであり、記録はいつでも希望者の閲覧に供されることを告げた後、事件の叙述に入る。

「一九二〇年四月十五日午後三時頃、マサチューセッツ州サウス・ブラントリーの製《せい》靴《か》工場の会計係パーメンターと守衛ベランデリーが、俸給一万五千七百七十六ドル五十一セント入りの金庫を事務所から工場へ運ぶ途中、二人の怪漢に射殺された。犯行の行われている間に、数人の男を乗せた車が現場に近づきつつあった。犯人はまず車へ金庫を投げ込み、続いて彼等自身も飛び乗った。車は鉄道踏切を越し、全速力で走り去った。二日後、車はかなり離れた林の中で発見された。そこからは小型の車の跡が出ていた」

事件が起った時、ブロックトンの警察は、前年の暮の二十五日、ブリッジウォーターで起った強盗未遂事件を捜査中だった。これらはみなボストンの南部に散在する小さな工場町である。ブリッジウォーターの犯罪も集団で行われ、車を使用していた。そしてどっちの目撃者も、犯人はイタリア人みたいな男だったと言った。

ブリッジウォーターの未遂犯人はコーチェセットの方角へ向ったと言われたので、スチュアート警部はコーチェセットに住むイタリア人で、車を持つ男を探していた。彼は或るガレージで修理中の車の持主ボーダが、イタリア人であることを見出し、ガレージの主人に彼が車を取りに来たら、署へ知らせるように言いつけた。

一方警部はボーダが以前コアッチという過激主義者と同居していたことを知った。ブラントリーの殺人事件の翌日、警部がコアッチの住居へ行ってみると、コアッチはイタリアへ帰国するため荷造りをしているところだった。

この時はまだ、警部の心中では、彼の大急ぎの出発と殺人事件は結びつけられていなかったが、タイヤの跡が遺棄された車の傍《そば》から出ていたと聞いて、それがボーダの車だと思った。彼の推理によると、従ってコアッチが発送したトランクには、盗まれた札束が入っていなければならなかった。（ひと月後イタリアの警察は荷揚港でトランクを開けたが、札束なんか入っていなかった）

スチュアート警部の理論によると、ボーダの車を受け取りに来る人間は、みなブラントリーの殺人事件の容疑者になるのである。五月五日、ボーダのほかに三人のイタリア人が現われた。

その三人のうちの二人がサッコとヴァンゼッティだったわけである。ガレージの主人は口実をもうけて、車を渡さず、警察に電話した。サッコとヴァンゼッティは電車でブロックトンに向い、ボーダともう一人のイタリア人、オルチアーニはオートバイで去った。サッコとヴァンゼッティはその日のうちに電車の中で、オルチアーニは翌日自宅で、逮捕された。ボーダの行方は知られていない。

一九二〇年の春以来、アメリカ全土にわたって検事総長パーマーの指揮の、「赤狩り」の嵐が荒れ狂っていた。第一次大戦の直後、政府は復員軍人に職を与えることが出来ず、社会不安があった。それらはすべて共産主義者、無政府主義者が煽動《せんどう》するからだと政府は言っていた。

ワシントンのパーマー邸の玄関で爆弾が炸裂《さくれつ》して、身許《みもと》不詳の「赤」が死に、五月四日（サッコ達が車を取りに来た前日である）ニューヨークのパーク・ロー・ビルディングで、連邦警察官の取り調べを受けていたサルセードというイタリア人が、十五階の窓から飛び降りていた。サルセードの友人であったサッコ達は、脅威を感じた。五月五日四同志に急を告げ、パンフレットを隠すためにボーダの車が必要になった。このため四人のイタリア人がガレージへ車を取りに来たのは、彼等の中立によれば、このためであった。

ところがスチュアート警部のセオリイでは、ブリッジウォーターの未遂事件もブラントリーの強盗殺人も、同じ一派の犯行なのであった。しかしオルチアーニは二つの事件の日、工場で働いていたことがすぐに明らかになった。ストウトンの製靴工場の勤勉な工員であったサッコは、ブリッジウォーターの事件の日は就業していたが、四月十五日には一日の休暇を取っていた。彼はブラントリーの殺人事件についてだけ起訴された。魚行商人のヴァンゼッティは、サッコのような確実なアリバイを持っていなかった。従って二つの罪について起訴された。

二人共、過激分子として、かねて警察に注目されていた人物であった。しかし事件がこれらの政治的犯人の犯行であるというスチュアート警部の理論に、州警察長官は反対であった。長官は両方とも職業的ギャングの手口であると見ていた。それにも拘《かかわ》らず、サッコとヴァンゼッティは九月十四日に起訴され、翌年の五月三十一日、デッダムの裁判所で公判に付せられた。

デッダムはボストン上流社会の人士が住宅を構える静かな町であり、十二人の陪審員は古き独立戦争の愛国心を受けついだ東部人であり、セイヤー判事はそういう由緒正しい家庭の後押しで出世しようという野心を持つ裁判官だった。(フランクフルターはここまでは書いていない。彼は弁護人ムーアは過激主義者の弁護専門の西部人だったから、東部の裁判所の仕来《しきた》りを知らず、彼が法廷にいるということ自体、被告に不利だったと指摘しているだけである)

サッコとヴァンゼッティは、ひどいブロークン・イングリッシュを話し、よく訊問の意味を取り違えた。法廷の通訳官の挙動が変だったので、弁護側は別に通訳を雇っ

て、通訳を監視しなければならなかった。（この通訳官は後で窃盗罪で逮捕された）

裁判は七週間続き、七月十四日、陪審員は表向き七時間協議して、官給の昼飯と晩飯を食った後（有罪の評決を出すことはきまっていたのだが、慎重に審議をしたとの印象を与えるために官給の食事をしたのである。陪審員の中にはこんな高級レストランで食事をしたことがない者がいた。むろんこんなこともフランクフルターは書いていない）有罪の評決を出した。

二人の不運な被害者が故意に殺されたことには疑いはない。ただサッコとヴァンゼッティが襲撃者であるかどうかだけが問題なのである、とフランクフルターは書いている。そしてこの点について、多くの混乱した証言がなされた。

検察側から五十九人、弁護側から九十九人の証人が法廷に現われたが、検察側の証言は多くの点で矛盾していた。検察側の主張によればピストルを射《う》ったのはサッコであり、その間ヴァンゼッティは運転台に坐っていたことになっていた。二人の被告を四月十五日の朝、ブラントリーで見たと言う証人もいた。鑑定人はベランデリーの死体から抽出された四個の弾丸の一つは、サッコが逮捕された時所持していたコルトと一致すると言った。（裁判の経過から見て、この証言は、裁判の重大な特徴を示している、とフランクフルターは言う）ヴァンゼッティについては、彼が運転台に乗っているのを見たという証人が大勢いた。検事はさらに、逮捕された時出まかせを言ったのは、「罪の意識」があるからで、従って彼等が犯人であると主張した。

弁護側の目撃者は検察側より数も多く、検察側の証人と同じくらい現場を目視し得る場所にいた人達だった。彼等はサッコとヴァンゼッティが、自分の見た犯人とは違うと言った。

アリバイ証人も出ていた。サッコが四月十五日に休暇を取ったのは、彼の陳述によれば、イタリアで最近死んだ父の墓参りに帰国するため、ボストンへ旅券を取りに行ったのである。ボストンのイタリア領事館員は彼がたしかにその日の二時十五分に来たと証言した。ブラントリー、ボストン間は車で一時間の距離である。ヴァンゼッティの顧客の多くが、彼が四月十五日に、いつものように魚を売りに来たと証言した。

現場でサッコとヴァンゼッティを見たという検察側の証人は五人いた。

まずサッコについての証言をまとめる。

マリー・スプレーンとフランセス・デブリンは、その時工場の二階で仕事をしていた。銃声を聞いて、窓に駆け寄ると、車が踏切を越して走り去るところだった。六十か八十フィートはなれたところから、時速十五から十八マイルで動く車の中の、見知らぬ人を一秒半か三秒の間、見たわけである。
スプレーン証人「うしろの座席とまえの座席の間にいたのは、わたしよりすこし丈が高い人でした。体重は一四〇か一四五ポンドでしょう。男らしい肉づきのいい男でした。左手も強そうでした」
検事の質問「その左手がなにをしているのを見たのですか」
答「前の座席の背につかまっていました。彼は海軍服のようなグレイのシャツを着て、髭はきれいに剃《そ》っていました。額は広く、髪はオールバックで、たしか二インチか一インチぐらい伸びていたでしょう。まつ毛は黒でしたが、顔色は緑がかった白でした」
問「それはあなたがブロックトン警察で見た男と同一人ですか」
答「そうです」
問「間違いありませんね」
答「間違いありません」
しかしスプレーンの驚くべき正確な記憶は、一年の熟考を経たものだったのである。
サッコは逮捕されるとすぐ、一人でスプレーンのいる部屋へ連れて来られた。(むろんこれは違法の面通しである)しかし三週間の後開かれた検視審問(大陪審、起訴不起訴を決定する予備審問、検視裁判とも訳される）では、彼女はサッコを見分けることが出来なかった。

矛盾を突かれて、彼女は最初は速記の誤りだと主張したが、すぐ撤回した。

「検視審問で見た被告と、車に乗っていた男を心の中で比べて考えた結果、同じ男だと確信するようになりました」

弁護人の反対訊問「考えた結果とおっしゃいましたね」

答「考えて確信に達したのです」

問「検視審問では観察した通り、つまりあなたが見たまま答えましたね」

答「そうです」

問「ところが、いまは同一人だとおっしゃった」

答「そうです。疑いの余地はありません」

問「それは疑いの余地がない確信というものではありません。あなたは前の証言の時は、よく見る暇がなかったと言っている。なぜ、そう思ったかおっしゃって下さい」

答「彼は車に乗って過ぎて行きました」

問「その時見ただけでしたね」

答「そうです」

問「つまりちらっと見ただけだったんですね」

答「そうおっしゃっても結構です」

ハーヴァード大学の異常心理学教授モートン・プリンス博士はボストン・ヘラルド紙に投書して、六十フィート離れたところから二、三秒見ただけで、髪の長さまで一年後に憶《おぼ》えているのは、心理的に不可能だと書いている。明らかにこれは警察や大陪審で、度々サッコを見た後、考え出された確信であった。

彼女は犯人も強そうな手をしていたと言っているが、実際はサッコの手は常人より小さかった。

第二の証人デブリンも一年後に確信に達した組である。

「最初からこの人だと思いましたが、大切なことなので、言い切るのがこわかっただけです」と彼女は主張した。

工場の一階上で働いていた工員ファガスンも、二人の女とほとんど同じ状景を見たわけである。彼は言った。

「ちょっと見ただけでよくわかりませんが、髭を生やしたイタリア人だったような気がします。うしろの座席に突立って射っていました。鳥打帽をかぶってたかもしれません」

若い製靴工ペルザーも銃声を聞くとすぐ窓を開けて、現場を見たと言った。

問「どれくらい窓際にいましたか」

答「一分ぐらいでしょう」

問「何をしていたんです」

答「見ていたんです」

問「その日ベランデリーを射った人間は、いま法廷にいますか」

答「当人でないかもしれませんが、そっくりです」(サッコを指差す)

問「いま見るのがはじめてですか」

答「無論です」

反対訊問によって、彼はサッコの逮捕の直後、警察に呼ばれたが、サッコを見分けることが出来なかったことがあきらかにされた。

二人の同僚はペルザーがその日銃声を聞くと、窓を開けるどころか、すぐテーブルの下へもぐりこんだと証言した。

ローラ・アンドルースはあまり評判の芳《かんば》しくない女性だったが、事件の日の朝の十一時頃、工場の門の前に一台の車がとまっているのを見たと言った。「明るい髪の男」(これはたしかにサッコでもヴァンゼッティでもない)が車の中に坐り、もう一人の「色の浅黒い男」が車蓋《しゃがい》にもたれていた。彼女は友達のチャンペル夫人といっしょだった。そのまま門を入り事務所へ行ったが、仕事はなかったので、「十五分ぐらいたって」出て来ると、「浅黒い男」が車の下にもぐり込んで、「なんか直している」ようだった。彼女が別の工場へ行く道を訊くと、すぐ教えてくれた。

彼女はサッコの逮捕後、デッダムの拘置所へ呼ばれ、サッコを車の下にいた「浅黒い男」と識別し、法廷でも同じことを繰り返した。

反対訊問「それはもう少し太った人じゃなかったんですか」

答「わかりませんわ。とにかく変な顔の人でした」

問「変な顔って、——親切そうな顔じゃなかった。乱暴者らしかった、って意味ですか」

答「いい男じゃなかったわ」

検事「犯行の話をきいて、どんな気がしましたか」

答「よくわかりませんけど、とにかく車の下にいた男を思い出しました」

ローラといっしょにいたチャンペル夫人は、道を教えてくれたのは、車の下にいた男ではなく、通りすがりのカーキ色の服を着た男だったと言った。

問「ローラ・アンドルース夫人は、その日、自動車のそばにいた男のどれかと話しましたか」

答「いいえ、誰とも話しませんでした」

商店主ハンリ・カランスキーは七年以来ローラの知合いだった。一九二〇年の五月の或る日、彼女は店の前を通りかかった。

「六時半頃でした。ドアの前の階段の前に腰を下ろしていたら、彼女がやって来ましたから、『おい、ローラ、元気がないじゃないか』と声をかけました。彼女は立ち止って『いやになっちゃうわ。うるさいったら、ありゃしない』と言いました。『なにがうるさいんだね』『警察よ』『警察にひっかかりがあるんかね』『お上《かみ》はあたしをほっといちゃくれないの。いろんな男を見せて知ってるか、わかるか、ってきくのよ。見たこともない男達ばかりなのにね。しようがないわ。それが仕事なんだから』と彼女は答えました」

裁判長「本官は証人に訊ねたいことがある。貴殿はローラ・アンドルースに偽の証言をさせようとした『お上』の人間が誰であるか、知ろうとしたことはないのか」

答「いいえ、飛んでもない」

問「なぜ、しないのか」

答「そんなこと考えたことありませんや。はっきりした話じゃなかったんです。第一」

裁判長「証人は政府の代表者が一個の女性を使って、人民を鑑別させることに、公共の福祉を見出すと考えるのであるか」

答「そんなこと知っちゃいませんや。あたしはただローラが喋《しゃべ》ったから——」

裁判長「その政府の代表者が誰であるか、知った方がよいとは思わないか」（これは大統領をさしていて、アメリカの裁判官が時々証人を威嚇するために使う手である）

答「そりゃあ、そうでしょうね」

裁判長「証人が今日まで、それをしなかった理由を、本官は別に調べることにする」

この訊問は、マサチューセッツの法廷の習慣を知っている者には異様に映ったにちがいない。裁判長はあきらかに法廷の注意を問題の点からそらそうとしており、証人を公共の福祉に反する人物として印象づけようとしているからである。これはこの裁判全体の特徴と関連する。

一九二一年二月、ローラはアパートの自宅において、男に襲われたと訴え出た。捜査に出向いた巡査ジョージ・フェイは次のように述べた。

「私は彼女に暴漢は事件の日、ブラントリーで見た人間ではないかと訊きました。彼女はブラントリーの男の顔をよく見なかったから、わからないと言いました。着衣はどうかと訊いたが、やはりわからないと答えました」

ローラにインタヴューした新聞記者ラブレックも、同じ答えを得た。

五人目の証人、カルロ・グッドリッジは近くの賭博場にいて銃声を聞いたと言った。ドアを開けると、自動車がこっちへ走って来るのが見えた。歩道へ出た時、車に乗った男の一人がピストルを向けたので、賭博場に逃げ込んだ。七カ月後、彼はサッコがその男であったと証言しはじめた。

事件の一時間後、グッドリッジは雇主のマンガナーロのところへ騒ぎを知らせに来たが、犯人の人相についてはなにも言わなかった。この雇主は弁護側の証人として出廷して、サッコ、ヴァンゼッティの逮捕があった後、グッドリッジと事件について話した時のことを証言した。彼はわざわざグッドリッジの店へ行き、犯人の顔を知っているのなら、警察へ行くべきだ。旅費と手当は出してやると言ったのである。

問「グッドリッジはどう答えましたか?」

答「彼は行ってもむだだ。ピストルを見るとすぐ部屋へ逃げ込んだので、顔はおぼえていないと言いました」

マンガナーロはグッドリッジは近所でもあまり評判のよくない男だと付言した。

賭博場の主人マカズは、事件の直後グッドリッジが、ピストルを持った男は、明色の髪をして、軍服を着ていたと言ったと証言した。事件の一週間後、グッドリッジの髪を刈った理髪師は、彼が男の顔を見なかったと語ったと証言した。さらに二人の証人が同じような証言をした。

サッコに関する証言はみなこの程度のものだったが、グッドリッジの証言には利害がからんでいた。彼が証言台に立った時は、窃盗容疑で有罪の判決を受け、保護観察中の身の上であった。彼の証言が適法のものであることを、後に州高等裁判所が認めたが、証拠法の原則から言えば、弁護の余地のないものである。

グッドリッジはすでに他の州でも犯罪を犯し、逃亡中の人間であった。偽名で証言していたことが、後にあきらかにされた。

ヴァンゼッティに関する証言は、一層脆弱《ぜいじやく》なものであった。検察側が喚問した証人は二人にすぎない。しかしそのうちの一人ドルベアは、事件の数時間前ヴァンゼッティをブラントリーで見たにすぎず、結局現場の証人はルヴァンジー一人であった。

ハンリー・ドルベアは四月十五日の一時から十二時の間に、ブラントリーの町で五人の男を乗せた車を見ていた。その一人がヴァンゼッティだったと言うのである。

反対訊問「車の中で、ほかにあなたの注意を惹《ひ》いた男がいなかったのですか。その車の仕切りによりかかって、前の人に話しかけてるような男だけが目についたのですか」
答「そういうわけではありません」
彼がその一人に注意したのは、全部の五人の様子が変だったからだろうと思うと言った。たしかに町の人間ではなく、外国人の引越しだと思った。印象をはっきり言い表わすことは出来ないが、とにかく強そうな奴ばかりで、「変だった」と付け加えた。
問「車に外国人が三人や五人乗ってたって――よし七人乗ってたところで、別に不思議はないと思いますがね」
答「そう言われれば、そうです」
問「この道はよく労働者を現場へ運ぶ車が通るじゃありませんか」
答「そうですね」
彼は車の前座席に坐っていた男の人相を言えなかった。うしろにいた男に髭があったかなかったかも言えず、帽子をかぶっていたかいないか、もわからなかった。それらはただの「強そうな男」たちであり、彼がヴァンゼッティだったと主張する男しか憶えていないのである。
ルヴァンジーは鉄道の踏切番で、その日その時間に勤務中だった。列車が来たのでバーを下ろそうとしていた時、車が走って来た。一人の男がピストルを出し、通せとおどかした。ルヴァンジーはヴァンゼッティが車を運転していたと言った。

この時通りかかった列車の罐焚《かまた》きマッカーシーは一時間の後、ルヴァンジーに会っていた。彼は弁護側の証人に呼ばれ、次のように証言した。

「ルヴァンジーは『ピストルで射たれた奴がいるのさ』と言いました。『誰だ』と訊くと、『どっかの野郎が殺されたんだ』『誰がやったんだ』『知らねえ。音がして、自動車が来たから、踏切を下ろしてやろうとしたらよ、ピストルが見えたから、こいつあいけねえと思って、踏切はおっぽり出して、小屋へ逃げ込んだんで、たすかった』見も知らない男ばかりだって言いました。顔を見たかとききますと、ピストルを見ただけで、首を引っこめて小屋へ駆け込んだので、見なかったって言いました」

ルヴァンジーの証言は、車を運転していたのは、明色の髪の若い男だったという検察側のほかの証人とも矛盾していた。ところがヴァンゼッティは黒髪の中年男で、黒い口髭を生やしていたのである。

検事カツマンは論告で言った。

「陪審員諸君、本官はヴァンゼッティが車を運転していたというルヴァンジーの証言が誤りであることを認めます。(中略)しかし彼が誰かを見たのは確かです。(中略)

ヴァンゼッティの顔を車の中に見たのです。よし彼の証言が他のものと食い違っているとしても、彼が真実を告げていないと断言することは出来ません。（中略）車は全速力で疾走していました。従ってルヴァンジーが運転席の後にいたヴァンゼッティを、運転していたと見誤ることもあり得るのです。（中略）他の証人の証言によっても、彼が車の中にいたと判断するのは、われわれの常識の命ずるところです。運転手の右側の後、或いはそのすぐ後にいたと考えても、決して不当ではありません」

要するに運転していたのが、明色の髪をした男であったことはあまりにも明らかだったので、検事はヴァンゼッティをうしろの席へ坐らせたのである。しかし三十一人の目撃者が、ヴァンゼッティは車の中にいなかったと証言していた。

アリバイもくさるほどあった。十三人の証人が、事件の当日、ヴァンゼッティがプリマスで魚を売って歩いていたと直接間接に証言した。しかし一九二〇年のアメリカでは、手押車に魚を載せて売り歩く行商は、非合法すれすれの商売と見做《みな》されていた。買手も従って貧乏人であり、その証言は法廷で重視されなかった。

しかも彼は魚と一緒に、無政府主義の宣伝ビラも配って歩いていた。これは共産主義よりはずっと無害なものであったが、無論陪審員は共産主義と無政府主義の区別などは知らなかった。

「労働者諸君！　諸君は国家のために戦争をやった。資本家のために働いた。しかし諸君はその代償を払ってもらったか。諸君の過去はどうだった。そして現在は？……こういう問題、生きるための闘争の問題について、バートロメオ・ヴァンゼッティの演説を聞こうではないか。――日――時――において。入場無料、質問自由、婦人同伴歓迎」

こういう無邪気な、善意にあふれたビラを、魚といっしょに受け取った細民窟《さいみんくつ》の住人が、ヴァンゼッティに有利な証言をするのはあたりまえだ、とボストンの上流人士は考えたのである。

目撃者の視認証言というものが、あらゆる証拠の中で、最も信憑度《しんぴょうど》の薄いものであることは、今世紀の初めから、英米の裁判所の注意するところとなった。多くの証人によって、当人と識別され、二度有罪になりながら、最後に無罪となったアドルフ・ベック事件が、イギリス控訴院の設置を促したわけだが、一九〇八年から二十年間に十六度、目撃者の証言は覆《くつがえ》されている。

サッコ、ヴァンゼッティ事件は、この不確かさがもっとも露呈された事件である。証人は全部混乱した情況の中で、はじめて見る外国人について証言していたのである。

証人の一人、ユールはヴァンゼッティを見て、知合いのトニイというポルトガル人だと思ったくらいである。しかも被告はただ一人証人の前に現われ、ブラントリーのギャングに似た服を着せられ、ピストルをつきつける真似までさせられたのである。(帝銀事件の平沢被告は同じことをさせられている)

第一審判決後、セイヤー判事は怪しげな無政府主義者の抗告の権利なんか認めなかったから、事件はこれで終ったかに見えた。知名の弁護士ウィリアム・トムプソンが、或る日この変な事件を調べてみる気にならなかったら、サッコとヴァンゼッティは、さっさと電気椅子に坐らされていたかも知れなかった。

トムプソンは民事専門であったが、とにかく弁護士であり、学者であった。ニュー・イングランドの旧家の出で、お得意はみんな上流階級だった。彼が収入の源を失うのを覚悟で、二人の「赤」のイタリヤ人の弁護に乗り出したのは、ただ事件をアメリカの裁判の恥と考えたからであり、彼自身の心の平安のためであった、と新聞記者ストングは書いている。

彼はその専門的知識を動員して、再審要求その他の訴訟中断の手続を、マサチューセッツの州裁判所目がけて、機関銃のように、発射しはじめた。決着に七年間かかり、世界的に有名な事件となって、フランクフルターがアカデミックな裁判批判を行う暇があったのは、ひたすらトムプソン弁護士の努力の結果である。数多く行われた再審要求や請願の理由の中には、むろん目撃者の証言の不確かさも入っていた。サッコはたしかに車に乗っていなかったという新しい証人の宣誓供述書を伴った請願を却下するために、セイヤー判事は次のように声明するに到った。

「この種の証言は同種、同目的の証拠を積み重ねたものにほかならず、判決を覆す力はないと思量する。なぜなら判決は目撃者の証言を基礎としていないからである。被告人を断罪した証拠は状況証拠であり、法律上『罪の意識』と呼ばれているものである」

セイヤー判事が「罪の意識」によって意味しているのは、四月十五日以後のサッコとヴァンゼッティの行動、特に五月五日逮捕前後の行動である。フランクフルターの仕事は、この点について、検察側の積み上げた証拠を粉砕することである。二人の被告の経歴や性格が問題となるのはこの時である。

事件にはしかしまだ奥があった。つまり被害者の一人の死体から抽出された弾丸の一つが、サッコのピストルから発射されたという検察側の主張である。盗まれた金はどこからも発見されていないから、これはこの事件の唯一の物的証拠である。フランクフルターは新聞記者ストングのように、検事がサッコのピストルで新しい弾丸を試射し、それを死体から出た弾丸とすりかえればいい、というような推測に止《とどま》ることは一人の学者として出来ない。

さらに別の殺人事件で死刑を宣告されたマディロスという男が、ブラントリーの強盗殺人に自分が加わっていたと言い出したため、事件はさらに紛糾し、セイヤー判事は新しい中立に悩ませられる。

マディロスは捕われた時二千八百ドルを持っていたが、これがブラントリーでとられた金の五分の一に当る。当時、モレリ・ギャングと呼ばれる一団が、ボストン付近を荒し廻っていたが、サッコ、ヴァンゼッティ事件以来、ぴたりと鳴りを静めてしまった。(二人が死刑になるとすぐ出て来て、プロヴィデンスに豪華なホテルをぶっ立てた)

フランクフルターはこの怪しげな死刑囚の告白も一応検討しなければならない。

セイヤー判事のいわゆる「罪の意識」は、四月十五日以後のサッコとヴァンゼッティの行動、特に五月五日逮捕の時ピストルを持っていたという事実が、殺人を犯した人間の後めたさを示しているということであった。二人にそれまで強盗の前科がなく、盗まれた金が二人のポケットになかったということは考慮されなかった。サッコには妻と子供があり、さらに赤ん坊が生れようとしていた。二人の四月十五日以後三週間の生活態度は変らなかったし、仕事にも精出していた。前に引用したヴァンゼッティの演説会のビラは、サッコのポケットにあったものである。殺人犯人がわざわざ人前へ出て演説をぶとうとするだろうか。

不利な証拠にはどんなものがあったか？

一、五月五日、ジョンソンのガレージへ車を取りに行ったイタリア人が四人であったことは前に書いた。すなわちサッコ、ヴァンゼッティ、ボーダ、オルチアーニである。

ジョンソン氏がボーダと応対している間に、細君は牛乳を取って来るという口実で隣りの家へ行き、警察に電話した。サッコとヴァンゼッティは細君について来た。これが怪しい行動に数えられたのだが、二人は戸口で待っていて、細君が電話を終って出て来ると、ガレージへいっしょに帰ったにすぎない。

ボーダの車はまだ一九二〇年のナンバーを取っていなかった。（その頃のアメリカでは年度毎にナンバーをつけ替えていたものとみえる）ジョンソンがナンバーのない車は使わない方がいいと忠告すると、四人は成程と言って引き上げた。

検事の訊問「ボーダが車を取りに来たのですね」

ジョンソン「そうです」
問「ところが車には一九二〇年のナンバーがなかった」
答「そうです」
問「そこであなたはいま車を持ってかない方がいいと言ったのですね」
答「そうです」
問「ボーダはあなたの忠告をもっともと思ったのですね」
答「そんな様子でした」
問「それから少しお喋りをした後で、帰って行ったのですね」
答「そうです」

これだけの証言に基づいて、セイヤー判事は、陪審員に説示した。

「もし被告が一九二〇年のナンバーがないために帰ったのなら、不意に帰ったからといって、後めたい気持があったとは言えないでしょう。しかしもし彼等に後めたい気持があったため、ジョンソン夫人が隣家でしたことを変に思って立ち去ったとすると、これは彼等に後めたい気持があったことを示す証拠だとお考えになるがよろしい」

二、二人はジョンソンのガレージを出ると電車に乗った。電車がブロックトンの町に入ったところで、警官は二人を逮捕した。警官はその時の二人の挙動について、次のように証言した。
「私は電車の前の昇降口から乗り、通路を歩いて二人の前に行きました。『どこから乗ったのか』ときくと二人は『ブリッジウォーター』と答えました。『ブリッジウォーターへなにしに行ったんだ』『友達に会いに行ったんです』『その友達の名は』するとヴァンゼッティは『ポッピイです』と言いました、そこで私は『よろしい。お前達を逮捕する』と宣告しました。ヴァンゼッティは内側の席に坐っていました」
検察官の訊問「内側というのは、通路の側という意味ですか。それとも窓側ですか」
答「窓側です。ヴァンゼッティは手をヒップポケットへ突っこもうとしたので、私は『手を膝の上へ出しとけ』と言いました」
ヴァンゼッティ「うそだ!」
警官「そんな真似をしやがると、一発ぶち込むぞって言ってやりました。車で駐在所へ連行する途中でも、サッコがコートの下へ手を入れようとしましたので、外へ出しておけと注意しました」
問「どの辺に手を入れたんですか」
答「胃の辺です。『ピストルを持ってるか』ときくと『いや、持っちゃいないです』と言いました。しかしまた同じことをしますから、手を伸ばして、コートの下をさがしましたが、ピストルはありませんでした。『とにかく手を外へ出しとけ。わかったか』と言いますと、サッコは『わかりました』と言いました」

三、駐在所でも、警察でも、検事の前でも、サッコとヴァンゼッティはいつわりの供述をした。彼等は逮捕当日の行動、行った場所、会った人間の名前について、真実を告げなかった。ヴァンゼッティはボーダを知らないとまで言った。

以上の三点が、二人の「罪の意識」の証拠とされたもののすべてである。ピストルを出そうとしたという警官の証言を、二人は強く否定したが、これは情況から見て、理由のあることである。

ブラントリーの強盗殺人は、逃げ道を探すためなら、いつでもピストルを使うたちの人間によって遂行されているのだが、サッコとヴァンゼッティは一人の警官にやすやすと逮捕されている。しかも二人はその時ピストルを持っていたのである。彼等がブラントリーの犯人であるなら、なぜお得意のピストルを使わなかったか。

当時のアメリカではピストルの携行は、それほど異常なことではなかった。サッコは夜警を勤めている間に、ピストル携行の習慣を持つようになっていた。（夜警にはピストルを持たせたと彼の雇主は証言している）ヴァンゼッティが小型自動拳銃を持っていたのは、「物騒な世の中だったので、自衛のため」だった。彼はボストンへ魚行商に行く時は、いつも百ドル近い現金を懐中にするのが常だった。そして当時ボストン付近にはホールドアップが流行《はや》っていた。

二人は逮捕当時、警察でうそを言ったことを認めた。無実な人間は捕ってもうそはつかないと言われている。これは多分正しいのだが、二人は彼等が逮捕され訊問される理由と想像したことについては、無実ではなかったのである。彼等は強盗殺人の容疑で逮捕するとは告げられなかった。

弁護人「署長のスチュアート警部がなにをきいたか、思い出して下さい」
ヴァンゼッティ「なぜブリッジウォーターへ行ったか、いつからサッコと知合いになったかときかれました。私が過激主義者であるか、無政府主義者かそれとも共産主義者か、合衆国政府を信用しているか、いないか、ときかれました」
問「四月十五日の犯罪の容疑だとは告げられなかったのですね」
答「そうです」
問（サッコに）「その時あなたはなぜ逮捕されると思いました」
サッコ「過激派事件にちがいないと思いました」
問「過激派ですって」
答「そうです。過激派の一斉検挙です。ニューヨークで大勢あげられたところでした」

問「なぜそう思ったのですか」

答「私は登録労働者ではありませんし、労働階級のために働いていたからです」

問「一斉検挙で捕ったと思わすような言動が署長にあったのですか」

答「そうです。最初にきかれたのは、私が無政府主義者か共産主義者か、社会主義者かということでした」

既に述べたように、一九一九年の暮から、検事総長ミチェル・パーマーの指揮による「赤狩り」と、共産主義シンパの外国人の国外追放が始っていた。その残虐と違法はその後連邦裁判所の調査によって明らかにされている。

ボストン周辺は外国人の労働者が多い地区で、恐赤ヒステリイの中心の一つであった。新聞は連日赤の恐怖を語り、対策を論じていた。そしてサッコとヴァンゼッティは、この地方では有名な「赤」だった。

既に彼等の友人の二人は追放されていた。そして追放が単に家を失うことですまないことを彼等は知っていた。前に書いたように、ニューヨークの同志サルセードが数週間前に逮捕されたが、ニュースはボストンの過激主義者に衝撃を与えていた。ヴァンゼッティはニューヨークのイタリア人権擁護委員会へ派遣され、五月二日に帰ったばかりだった。
サッコ「ヴァンゼッティは会合の席で発言しました。われわれの友人、社会主義者であろうと、無政府主義者であろうと、とにかく労働運動に関心を持つ者全部に、直ちにパンフレットを隠すように忠告しなければならないと言いました。サルセードの逮捕の理由は誰も知らないということだし……」
裁判長「誰も知らないなんてことがありますか」
答「とにかくニューヨークでは、そう言われていたのです。サルセードを救うためにボストン周辺の同志は金を送っていたんですが、その金を受領した人間がスパイだったという話でした。だからすぐパンフレットを隠さなければならない。正確にはこうではなかったかもしれませんが、そんな意味のことを、ヴァンゼッティは一時間半も喋ったんです」
そこへサルセードの死の報《しら》せが届き、事態は一層急を告げた。これが五月四日だった。次の日四人のイタリア人がジョンソンのガレージへ車を取りに行ったことは既に書いた。
弁護人「こわくなったと言うが、具体的にはなにをおそれたんですか」
答「サルセードは留置場の窓から街路に飛び降りて、自殺したと聞いたからです。少なくとも新聞は飛び降りたと書いています。しかし真相はわからないと思っていました」

問「サルセードの死を知ったのは、いつですか」

答「五月四日です」

恐慌に陥って過激主義者が、パンフレットを安全な場所に運ぶために、車を取りに行ったこと、従って逮捕に際しての彼等の変な行動は、恐怖から出ているというのが、弁護側の主張であった。

二人の証言の真実性をたしかめるために、セイヤー判事が検察側に反対訊問を許したのは、当然の処置であったろう。しかしカツマン検事がサッコとヴァンゼッティの思想を追及して、いかにそれが合衆国の利益に反するかということ、要するに彼等がならず者であり、「赤」であることを、陪審員に納得させようとするに任せたのは、適当ではなかった。少なくともこれはトムプソン弁護士が、その最初の控訴趣旨書のキイ・ポイントにしたことであった。

当時のアメリカほど「赤」を恐れない戦後日本の読者には、その詳細はあまりに退屈だろうから、くわしくは書かないが、とにかく二人が戦争中徴兵を恐れてメキシコに逃げ出した事実、サッコがその息子を、マサチューセッツの誇りであるハーヴァード大学に入れなかった事実（サッコが金がなかったからだと言うと、検事は給費生制度があるではないかと言った）などを、法廷に引き出した。こうしてニュー・イングランドの紳士達の郷土の誇りを傷つけ、愛国心をかき立てようとしたのである。「陪審員のみなさん、義務を忘れないでいただきたい。（義務とは無論伝統ある州法廷を不良外人の害から守る義務である）男らしく義務を果せ。共に立ち上って下さい」と検事は言った。

「州はみなさんに奉仕を要求しています」とセイヤー判事は言う。「奉仕は御承知のように苛酷なものですが、みなさんには既によき兵士として（第一次世界大戦はすんだばかりであった）アメリカの至高の忠誠心に基づいて、要求に応じられた。忠誠心にまさる英語はないのです」

こういう説示に基づいた裁判は、むろん裁判の名に値しないのだが、とにかくこれが一九二〇年のアメリカ東部の一般的雰囲気だったのである。判事もまた州に忠誠なる説示を行うことにより、恩賞を予期したのだが、これは少し行きすぎで、かえって州に迷惑となった。セイヤー判事は不幸な晩年を送らねばならなかった。

サッコとヴァンゼッティが過激主義を、その「後めたい」行動の理由と申し立てた以上、検事のなすべきことは、その思想的理由を粉砕することであるのは、見易い論理であった。被告の過激主義の答えを誇張することによって、彼は自らの訴因に反していたのである。思想のための「罪の意識」だったなら、ブラントリー強盗殺人の罪の意識の入る余地はなくなるからである。

この点はフランクフルターが特に強調したことであった。

事件はこのように魔女裁判の様相を呈していた。セイヤー判事の説示の半分は、陪審員の愛国心に訴えるのに費されていた。目撃者の混乱した証言は、二十四頁のうち二頁で片づけられ、アリバイについては、十行言及しているにすぎない。

検事が公判に先立って、ワシントンの法務省と連絡していたことが、後にあきらかにされた。サッコもヴァンゼッティもいわゆるブラック・リストに記載されていたが、法務省は逮捕の口実が得られなかった。ブラントリーの事件はまたとない機会だったわけである。

陪審員は理想的に働く場合、裁判所の罰しようという衝動を緩和する役目を果す。しかしもし被告人が人民の福祉一般を脅かすと考えられる場合、彼等の集団的防禦《ぼうぎょ》本能は、裁判所の処罰欲よりも強くなることがある。私は陪審制というものは、裁判の専門化を防ぐためにいい制度だと思っているが、政治的事件にあっては、陪審員が極めて暗示にかかり易いのを認めないわけには行かない。
しかしいくら陪審員の愛国心がかき立てられても、被害者ベランデリーの死体から抽出された弾丸が、サッコのピストルから発射されたという鑑定人の証言がなかったら、陪審員は良心の傷みなしには有罪の評決を出せなかったかもしれない。目撃者の証言は一致せず、検事のいわゆる「罪の意識」は要するに解釈にすぎないが、ピストルの弾丸は立派な物的証拠である。
サッコの第一回公判で鑑定人として証言したプロクターは州警察鑑識課長であり、二十年の経験を持つエキスパートであった。証言は次のようなものであった。
検事「あなたは三号弾丸が証拠品のコルト自動拳銃（サッコのピストル）から発射されたかどうかについて、意見をお持ちですか」
鑑定人「はい、持ってます」
検事「どういう御意見ですか」
鑑定人「その弾丸がそのピストルから発射されたこともあり得る consistent with と思います」
このあいまいな証言に基づいて、セイヤー判事は「ベランデリーを死に到らしめた弾丸がサッコのピストルから発射されたのは立証されています」と説示したのだが、プロクター鑑定人は後日、トムプソン弁護士の要請に基づいて、次のような供述をした。

「証言したように、問題の弾丸が三十二口径のコルトから発射されたことはたしかです。（略）しかしサッコのピストルから出たという確信に達することは出来ませんでした。裁判の始まる前に私は私の意見を検事に伝えました。（略）検事は法廷で私に彼のいわゆる致命的な弾丸がサッコのピストルから発射されたという証拠があるかとは訊かなかったし、反対訊問もなかった。検事はそう訊きたかったようですが、その場合、私は宣誓した手前、否定的に答えるほかはない、とがんばりました。だから検事はああいう質問の形にしたのです」

再審要求に協力したプロクター鑑定人の善意は一応認めなければならないが、それは世論が厳しく判決を非難し出してからのことである。それよりも検事と共謀して、肯定とも否定ともとれるあいまいな証言をした行為の方がはるかに重大である。弾丸のすり替えをやらないまでも、検察庁がこういうからくりを使うところであるということを知っておくのは、公共の福祉にとって無益ではあるまい。結局責任は反対訊問を怠った弁護人にあるということが出来る。

カツマン検事は無論プロクターと打ち合せをしたことを否定し、彼の鑑定人の資格に因縁《いんねん》をつけ（再び矛盾）、再審請求は一九二六年五月却下された。

フランクフルターの裁判批判が書かれたのは、前に記したように一九二七年二月である。彼は次のように、その百頁を越す論文を結んでいる。

「これら多くの理由によって、私は再び再審を希望するのである。（略）再審の結果、被告が再び有罪になっても、これまでの判決に基づいて処刑されるよりはましである。事件を調査した心ある人達の心に蟠《わだかま》っている疑惑の影は一掃されよう。無罪になれば、非道が遂に行われなかったことをよろこばぬ者はいないであろう。被告人の人物や、一九二一年にはあんなにうるさかった過激主義論議とは関係なく、私の意見を読者の判断に委《ゆだ》ねる」

彼はさらに事件に関係していたと告白した死刑囚マディロスのことにも言及しているが、法廷外のこの種の立証されない記述は、結局は無力である。裁判批判一般が政治の前には最終的に無力であるのは、四十年後の日本と同じである。五カ月たった一九二七年の八月二十三日、サッコとヴァンゼッティの死刑は執行された。軍隊が出動して、刑場とセイヤー判事の私宅を警備し、多くの知識人が留置場へぶち込まれた。

拘置所を訪れた新聞記者に、ヴァンゼッティは言ったそうである。

「こういう目にあわなかったら、私は誰にも相手にされずに、一生をすごしたことでしょう。誰も認めてくれず、ただの貧乏人として死んだでしょうよ。しかしお陰様で、いまは敗残者ではない。すばらしい生涯、大勝利。——こんな大事業は一生かかっても出来るもんじゃない。ところがおれたちは、ひょんな機会で、その大事業を成しとげた。

おれたちの命、おれたちの苦しみ——そんなものはなんでもない。お人好しの靴屋と、貧乏な魚売りが殺されかかっているだけですよ。

しかし、もしあなた方の頭に、ちょっとでも、あたし達のことが浮んだとき、あなた方はあたし達のものなんだ。あたし達の死の苦しみは、あたし達の勝利なんです」

ヴァンゼッティは、おとなしいが、たしかに説得力のある雄弁家だったようである。

# 長い歯を持った男

ロバート・ゴールズボローが、そこに越して来たのは五年前だった。ハットン・ラドビイはヨークシャー北部の荒地の中のさびしい村だが、ロバートはその小さな掘立小屋に住みながら、まったく幸福だった。というのは、若く美しい新妻と一つ屋根の下に住むのは、これがはじめてだったからだ。いや、ロバートがそもそも家と名のつくものを持つのが、はじめてだったのである。

ロバートは労務者だったから、新婚生活は楽ではなかった。二人の子供が生れた。しかし下の子が二つの年に、妻は死んでしまった。ロバートは子供達を一人で育てるために、根限《こんかぎ》り働いた。

しかし五年の後、彼は失職した。窮乏が荒地の小屋に訪れた。二人の子供がいなければ、ロバートは仕事のあるところを探して、渡り者の暮しを送ることも出来たろう。しかし瘤《こぶ》つきでは、それはかなわなかった。

ロバートは無口で、傲慢《ごうまん》で、他人をあてにしない性格だった。従って友達といえるのは、子供の時からの古い友達が、少し離れたヤーンの町に一人いるだけだった。隣りつき合いもなかった。貧乏になってみると、はじめて孤独が身にしみた。

彼は勇敢に困窮に堪えた。子供達に与える食物を、彼は決して減らさなかった。子供達は延び盛りで、食物はむしろ殖やさなければならなかった。だから彼はそうした。しかし一八三〇年七月三十一日木曜日に、遂に破滅的な状態が訪れた。子供達に晩飯を食わせたが、家にはもう食糧のひとかけらもないのを、彼は知っていた。明日の朝食の分がないのだ。

晩食の後、ロバートはいつものように子供達を相手に遊んだ。子供達を笑わせ、彼自身も笑って見せた。しかしイギリス流に言えば「彼の心臓は張り裂けんばかり」だった。子供達を寝かす時間になって、遂に彼は崩れた。顔を両手でおおって、彼はうめいた。

「ああ、どうしたらいいんだ。明日はもう食物が手に入りそうもない」

子供達はおびえた。お父さんはいつもしゃんとしていたし、快活だった。こんな気分になるのを見たことがなかった。子供達は子供なりに、工夫をこらして、お父さんをなぐさめようとした。

この時不意に、表のドアが引き開けられた。包みをこわきにかかえ、ステッキをついた一人の男が入って来た。あまりみかけのいい男ではなかった。額はユダヤ人のように、うしろへ反《そ》っていた。なによりも下の犬歯片方がものすごく延びていたので、口がゆがんでいた。要するに、一目見たら二度と忘れられない顔だった。

見知らぬ男は言った。

「おい、ボブ（ロバートの愛称）、よく来たな、と言ってくれないのか」

ロバートは飛び上った。

「ウィリアム・ハントリイじゃないか。どういう風の吹き廻しだ、これは」

二人は抱き合った。ハントリイは包みを床におき、炉の前の椅子にかけながら言った。

「ひと晩、とめてくれるだろうな。アメリカへ行くところだ。おいぼれのイギリスには愛想がつきた。アメリカへ行けば、もうだれにも会わずにすむ。ただ、お前にさよならを言って、行きたかったんだよ。古い、いい友達だったからな、おれたちは。こん夜泊めてくれれば、明日の旅立ちは楽なのだが、どうだ」

「むろん、いいとも。ベッドはある」とロバートは答えた。「しかし食べ物はない。余分がないんだ」

十数年ぶりで会う旧友の前でも、ロバートにはいくらかの自尊心があったが、実状を告げずにはいられない場合だった。

ウィリアム・ハントリイを知っている人間はみんな「けちな奴だった」と言っている。彼がロバート・ゴールズボローのところへ宿を借りに行ったのは、旅籠銭《はたごせん》を節約するほかに目的は考えられない、とみな言った。すると彼がこの時、自分のポケットに手を突込んだのは、とんでもないことだったと言わなければならない。そしてポケットから札束と小銭を出して、テーブルに積み上げたのは、子供達の顔付にあわれをそそられたのだろう、ということになる。

「そんなにしけてるか」と彼は言った。「じゃ、おれは福の神だぜ。さあ、この札で、なんか食う物を買って来な。ちびが腹を減らしてるのに、金を出さずにいられるかい」

これらの経過については、ロバートの言葉があるだけである。しかし多くの人々の証言によって補強されている。ロバートは大急ぎで村の宿屋へ行き、食物と酒を買った。彼は五ポンド紙幣でおつりを取った。宿屋に居合せた連中は、ロバートが不意に金を持っているのにびっくりした。彼は幼な馴染《なじみ》のハントリイがヤーンから来て、貸してくれたのだと言った。

「ウィリアム・ハントリイって、ハントリイ爺さんの伜《せがれ》かね」と客の一人が言った。「あいつはたしか紡績工で、一文なしのはずだがね」

「はずかどうか知らないが、とにかくいまはしこたま金を持ってるよ」

とロバートは答えて、急いで小屋に帰った。

その晩、近くの牧場で、一人の羊飼が夜明ししていた。羊が一匹病気だったからだ。一たん家へ帰って夜食を摂《と》り、番小屋へ帰った。こうして彼は二度、ロバートの家の前を通った。二度共、彼はロバートとハントリイが小屋の前に腰を下して、仲良く長いパイプをふかしているのを見た。二度目には、どうせいやな徹夜の羊の看病になる夜だったから、永い間、いっしょに話込んだ。彼はウィリアム・ハントリイがこの村へ来たいきさつを、すっかり聞いた。

ハントリイの父親は金持の百姓だったが、五年前に死んでいた。大勢の子供達は遺産を争い、裁判所付託の形になっていた。だから財産分与の判決が出るまでの五年間、みなはひどく貧乏したわけである。

一族はヤーンの弁護士ガーバット氏の家に集った。そして各自の取り前が、八十五ポンド十六シリング四ペンスであると告げられた。これが正にウィリアム・ハントリイがロバートの家のテーブルの上に積み上げた十七枚の五ポンド紙幣、十六の一シリング銀貨と四ペンスの由来であった。

その頃ではこれはひと財産である。弁護士の家で、金をポケットへねじ込むと、ウィリアムは親類に宣言した、という。

「もう、二度とはお目にかからねえ。おれはアメリカへ行く」

「こんないい国を急いで、あとにしなくってもいいじゃねえか」と話を聞き終って、羊飼は言った。「アメリカにはうめえ話がごろごろしているって話だが、この辺にだって、チャンスがないとは限らねえぜ」

「むろん、おれだって、そうしたいところだが、ただ嬶《かかあ》がいるんでね」とハントリイは答えた。

羊飼は口笛を吹き、笑い出した。

「女房持ちとは知らなかった」

「残念ながら、そうなんだ。ずっと前から別居してるがね。おれがこんど金を握ったと聞いたら、黙って引っ込んじゃいめえ。びた一文やらねえなんて、言おうもんなら、おれを殺しかねねえ奴なんだ。おれはやっぱり明日の朝、発《た》つことにするよ」

羊飼は番小屋に向い、二人は家に入った。

翌朝早く、二人の友は起きた。ロバートはハントリイを街道まで送ってやろうと言った。ハントリイがこの時、アメリカへ船出するために選んだ港はホイトビイである。今日の眼からみれば、かなり奇妙に思われるかもしれないが、これは大洋航路の定期船が両大陸の間を往復し出す、ずっと前の話である。ホイトビイはイギリス東海岸の重要な港の一つで、ここから大型帆船が世界の隅々まで行っていたのである。

「とにかくホイトビイへ行けば、船が見つかると思うよ」とハントリイは言ったという。

彼はロバートにいっしょにアメリカへ行こうと誘ったが、ロバートは子供がいるから、といって断ったという。それからストクスレイの村へ向っていっしょに歩き出した。この時ロバートは銃を持って行ったが、これは帰りに晩飯のために兎《う》を射とうと思ったからだ、と彼は言っている。

この時以来、生きたウィリアム・ハントリイを見た人間はいない。

やがてロバート・ゴールズボローがもはや貧乏人でないことが、人目につきはじめた。彼は次から次へと五ポンド紙幣を使った。小さな商売をはじめ、子供と三人で、いまやなに不足なく暮していた。田舎のことだから、隣人は露骨にどこから金を手に入れたのだと訊いた。ロバートは待っていました、というように答えた。（少なくもそう見えた）

「ビル（ウィリアムの愛称）がくれたのさ。あんないい友達はない。なんでもおれと山分けにしないと気がすまねえって、言うんだものな」とそばから言う者がいた。

「そいつは、あんまりビル・ハントリイらしくねえな」

「おれはあいつがびた一文、人にやったのは見たことがない」

「おれは別なのさ」ロバートが言い返した。話はその時はそれですんだ。

ヤーンのハントリイの親類が、まず落着かなくなった。別居中の妻は言うまでもない。彼女はホイトビイの港に行ったが、ハントリイの消息は全然聞けなかった。ホイトビイの町にも、街道筋にも、彼を見た者は一人もいないのである。要するに、銃を持ったロバートと連れ立って行くのを、ハットン・ラドビイの村人に見られて以後、ハントリイは完全に消滅してしまったのだ。

親類の人々は無論ロバートの家を訪ねて、質問した。友達とどこで別れたかについて、ロバートは三つの話をした。

まず彼はどの辺で「ホイトビイ街道に出た」かを語り、ストクスレイの村まで行って別れたと言った。次に少し話を変えた。ハントリイはホイトビイで船に乗るのはやめて、リヴァプールにすると言った。だからホーンビイまで送って別れた。これはストクスレイとは、十マイルも反対の方向に行ったところにある村である。

ロバートの話は三転する。ハントリイはアメリカ行はやめちまった。そしてビルダルに友達がいるから、そこへ行くと言って去った、と。たしかにハントリイはビルダルに友達を持っていた。ただ彼はそこへは行っていなかった。噂は高くなった。いまやロバートがハントリイを殺したにちがいない、と言うのをはばかる者はいなかった。そしてロバートの小屋から、なにかを燃す匂いがして来た時、疑いはさらに強くなった。

村人が駆けつけてみると、ロバートはなにか布を炉にくべているところだった。すっかり燃え切った後だったので、どんな布か見分けることは出来なかった。村人がなにを燃したのだと訊くと、ロバートはよけいなお世話だ、おれの家の食器戸棚の下にたまったボロをおれが燃やすのはおれの勝手だ、と答えた。

これは大きにありそうなことだった。しかし村人の疑いはなかなか晴れなかった。手分けしてロバートの小屋の四方の野や林を探し廻った。むろん死体を見つけるつもりである。一日中探した挙句、ジェイムスという労務者にひきいられた一隊が、むなしく引上げる途中、ロバートに逢った。

「まだハントリイを探しているのかね」とロバートは薄気味の悪い笑いをうかべながら訊いた。「今日はどこをやったんだ?」

「おれたちの受持ちはフォクストンの方角だった」とジェイムスは答えた。「フォクストンの森とフォクストン川をさらった。それからミドルトンとクラソーンの森だ」

「ストクスレイ川をやった方がいいかもしれない。なにかあるかもしれない」

彼がハントリイの親類にした話の一つに、ストクスレイで別れたというのがあった。

「そこにあるって言うのかね」とジェイムスは訊いた。

「とんでもねえ。ビルは生きてるさ。誓ってもいい。もしそうしろって言うんなら、夜中までに呼んで来てもいい。でもね、あいつは女房から隠れてるんだぜ。おれはたすけようって約束したんだ。あんなに親切にしてくれた友達の居処《いどころ》を、おれが教えるとでも思ってるのかい」

これもまったくありそうな話だった。しかし疑いは残った。そしてストクスレイ川は特に念入りに探されたが、ハントリイの死体はやはり見つからなかった。

村人の興奮は次第に鎮《しず》まったが、しかしロバートを白い眼で見るのをやめなかったので、彼は家財を売り、子供といっしょにバーンスレイに引越した。

ハントリイがくれたという金ではじめた新しい商売のお得意先は、主にバーンスレイにあったからである。彼はいまや大っぴらに、金鎖のついた金時計をつけ出した。バーンスレイの隣人に、親友のハントリイがくれたのだと言った。

十一年経った。ロバートのバーンスレイの町での商売はますます繁昌し、彼は依然として子煩悩だった。そして静かなハットン・ラドビイの村では、事件はほとんど忘れられてしまった。

一八四一年の六月、ストクスレイ川の一部を浚《さら》うことになった。この年は異常に寒く、雨が多かった。洪水もあったので、浸水した土地の農民は、ストクスレイ川の河床を掘り下げ、河幅を広くして、洪水に備えることに決めた。

岸を掘っていた村人の一人は、なにか固くて円いものが、シャベルに載って来るのを感じた。泥といっしょに、彼の足許《あしもと》に落ちたのは、人間の頭蓋骨《ずがいこつ》だった。人々はたちまち行方不明のハントリイを思い出した。

「ロバート・ゴールズボローはストクスレイ川で見つかるって言ってたぞ」と村人の一人が言った。

地主のネリスト氏は教育のある人だったから、直ちに農夫を指揮して、完全な人骨を掘り出すのに成功した。それは普通の墓穴に横たえられた骨でないことはあきらかだった。川岸に急いで掘った穴へ、折り曲げて突込まれた人骨だった。頭蓋骨を調べると、下顎《したあご》に長い歯が一本、突き出ていた。

警察が来て、骨を持って行った。ロバート・ゴールズボローに対する逮捕状が出て、二人の刑事がバーンスレイの家へ急行した。この時、刑事が頭蓋骨を携えて行ったのは、少し変である。今日のイギリスの警察はこんなことはしない。これはむしろフランスの警察のやり方である。

刑事がロバートの家に入った時、彼は一日の仕事を終えて、台所で煙草をふかしていた。子供達はそとで遊んでいたらしい。一人の刑事はドアを警備し、一人がはっとした顔付のロバートの前へ進んだ。

「これはウィリアム・ハントリイの頭蓋骨か、どうだ」と言いながら、彼はそのおそるべき土産物を、ロバートの眼の前へ突き出した。

警察はこの時ロバートの顔色がたちまち蒼白《そうはく》にかわったのを、彼に不利な証拠としている。彼は眼をそむけ、二度とその頭蓋骨を見ようとしなかったという。しかしまったく無実の人でも、不意にそんなものを見せられたら、同じ反応を示したかもしれない。ロバートの場合、自分が疑われているのを知っているだけに、ショックは大きかったはずである。

逮捕すると言われると、彼は泣き出した。

「わたしは無実です」と彼は言った。「あなた方はわたしを死刑にするでしょうが、わたしは誓うことが出来る。道ばたで別れてから、ハントリイに会っちゃいない。あの時、彼はぴんぴんしてた」

しかし彼は収監され、起訴された。一方、事件に関する情報を提供する者に対して、百ポンドの賞金が設けられた。賞金はすぐ利目《ききめ》があった。トマス・グランディという老人が出頭して、事件にかかわりがあると言った。彼は直ちに従犯として逮捕された。しかし身の明かしを立てるために、一応事情を述べることを許された。

グランディは言った。ハントリイが行方不明になった次の週の水曜日——出発は金曜日だったから、つまり五日後である——ロバートに会うと、ストクスレイまで袋を運んでくれないかと頼まれた。彼は承知したが、袋がいまどこにあるかは知らなかった。二人が「石橋のそばの森」まで降りると、繁みの中に袋があった。

「それをかつぐんだ」とロバートは言った。

グランディは彼の言う通りに袋をかついだが、袋の中にある物のかっこうが気に入らなかった。

「なにが入ってるのかね」と彼は訊いた。「人間の首みたいな気がするが」

ロバートは長い間黙っていたが、やがて言った。

「そうだ。首だ。ビル・ハントリイの首さ。川のへりを歩いてる時、射ったんだ。胴体はあっちの森にある」

グランディは最初は逃げちまおうと思ったが（これはありそうなことである）ロバートがだれにも言わないと誓えと言うから、誓った。そしてここで供述は不意に終りを告げる。

ロバートがなぜ首だけ別の場所においたかについて、なんの説明もない。第一、首はたしかに切り離されて発見されたが、掘り出す時、シャベルの刃で切れたのかも知れず、前から離れていたと考える根拠は、全然ないのである。

この不完全な供述について、グランディ爺さんが訊問された形跡はない。明らかに警察は治安判事がやるだろう、そうでなければ弁護士が勝手にやるだろう、ぐらいに考えていたのである。警察は供述調書を取り、グランディ爺さんに拇印《ぼいん》を押さした。（爺さんは名前が書けなかった）それから次の日の治安判事の取調べにそなえて、留置場へ下げられた。

警官が立ち去ろうとすると、

「百ポンドはいただけますね」とグランディは念を押した。

「お前の話がほんとなら、むろんもらえるさ」

グランディは笑って、手をこすった。

「死刑はごめんですぜ」

「お前は大丈夫だ。縛り首になるのは、ロバート・ゴールズボローだ」

警官はこんなことを言う必要はなかったのだが、とにかく百ポンドもらえると思って、笑ったり、手をすり合せたりしている爺さんを留置場に残して、引き上げた。

翌朝、犯罪捜査史上、未聞《みもん》の発見が行われた。トマス・グランディは、留置場で死んでいた。彼はズボン吊りで、首をくっていたのである。

なぜ彼が自殺したか。結局は本人に聞いてみなければわからないが、二つの解釈がある。

一つは彼は百ポンドほしさにつくり話をしゃべったので、留置場で一晩明かすうちに、そのため一人の男を絞首台に送ることになったのがこわくなり、自殺に逃避したという解釈。

もう一つは彼こそ真犯人で、ロバートに嫌疑をかぶせようとしたのだが、最後の時になって、神経が持ちこたえられなかったというものである。多分前の方が真実だろうが、どっちにしても、彼の供述が信憑性《しんぴようせい》のうすいものだったことはたしかである。

彼の自殺は、それを一層信じ難いものにした。そして新しい証拠の出て来る見込はなかった。

まもなくロバート・ゴールズボローはソークの巡回裁判にかけられた。公判は長く続き、裁判長バロン・ロルフ判事は被告人に有利な説示を行った。裁判長は長い突き出た歯のほかには、死体がウィリアム・ハントリイの死体であると証拠立てるものはなにもないことを指摘した。一人の医師が死体はその川岸に、少なくとも百年埋められていたものであると証言した。ハントリイは身をかくす充分な理由を持っていた。彼がいまなおアメリカのどこかで、生きていることは可能である。そしてロバートは最初からハントリイに金をもらったことを隠さなかった。

ハントリイのけちは有名だったといわれているが、突発的に気前がよくなる守銭奴の例は数多い。彼がロバートの家へ来た時は、イギリス脱出の資金を得て、すっかり御機嫌になっていた。古い友達が貧窮に陥っているのを見て、不意に気前がよくなっても不思議はない、と裁判長は言った。

陪審員は別室に退き、長い間合議していたが、再び法廷に現われたのは、「無罪」を答申するためであった。ロバート・ゴールズボローは青天白日の身となって法廷を去り、ウィリアム・ハントリイがどうなったかは、謎のまま残された。

この物語の教訓は、いくら情況証拠が積み重ねられようとも、犯罪の客観的結果たる「罪体」——この場合は「死体」が存在しない限り、殺人物語は空中楼閣にすぎないということであろう。

ロバートが予言した地点に、実際人骨が発見された時、これは最も疑わしい状況であった。犯罪者はしばしば犯行の場所へ出向いたり、その土地の名を口走ったりすることに、奇妙な自虐的快感を覚えるものだからである。人骨が百年以上古いと断定するほど法医学が進歩していたのが、被告人の倖《しあわ》せであった。長い歯を持っているというだけでは、同一性は確定出来ないとした裁判長は賢明であったが、医学的鑑定の裏付がなかったら、これほど確信をもって説示出来たかどうか疑問である。

ロバートが子供を愛し、勤勉で実直な人間で、それまでに犯罪的傾向を示さなかった事実も、見逃がされなかった。

# エリザベスの謎

# 1

一七五三年一月一日はエリザベス・キャニングのお里帰りの日だったから、彼女は前の晩から浮き浮きした気持だった。十八世紀のイギリスでは、女中さんに休暇が全然ないのも珍しくはなかったからだ。有難いことに、雇主の大工の棟梁《とうりょう》ライヤンさんは情深い人だったから、年に一度の休みをくれた。

エリザベスは十八歳になる娘で、以前から奉公に出ていた。父親は貧乏な日雇い大工だった上に、二年前に死んでいた。エリザベスを頭《かしら》に、五人の子供の養育が、母親の肩にかかって来た。彼女はまず二階全部と、階下の大部分を貸すことでその問題を解決したのだが、すると一家六人の住む部屋は一つしかなくなってしまった。従って、長女のエリザベスが、付近のウィントルベリさんの経営する酒場「ウィーバー・アームズ」に皿洗いとして住込んだのは、ごく自然の成行だった。

彼女はしかし前の年十月、つまり「ウィーバー・アームズ」に勤め出してから一年ばかりで、自分から言い出して、今のライヤンさんのところへ奉公先を変えた。彼女の言葉によれば、酌婦《しゃくふ》ではなく、ただの女中にすぎない彼女をからかうお客がいるので、「あたしもそろそろお嫁に行く年頃だしさ、いやな評判立てられちゃ、いやだもん」ということだった。暇を貰う時、ウィントルベリさんは「正直で信頼出来る女中、不行跡なことをしたから解雇したのではない」という信用状をくれた。

舞台はオルダマンベリという、ロンドンの市役所の傍《そば》の、古い城壁の下に押しつけられたような下町である。こわれそうになった家がおし合いへし合いで、狭い城門をくぐって来る車馬の往来を妨げた。この事件があってから十年目に、あたりは取払いになっている。

さてその一月一日、ライヤンさんは三カ月分の給料として、半ギニイの金貨一枚とシリング銀貨三枚をくれた。その上、彼女がつい目と鼻の先にある実家へも帰らず、朝暗いうちから夜おそくまで、コマ鼠のようによく働いたお礼にと、クリスマス・プレゼントの小箱をくれた。当時の女中の給料がどんなに安いものであったかの例証である。

もともと自分の財産として、いくらかの銅貨も持っていたから、エリザベスはすっかりお金持みたいな気分になった。持っているだけの晴着を身につけて、彼女は家へ帰り、母親に金貨を見せて、外套《がいとう》を買うつもりだといった。弟達にお年玉にと一枚ずつ銅貨をやったが、一番上の弟がなにか生意気なことを言ったので、彼女はこらしめに「そんなら今年はお年玉なしにするわ」と言って、いったん出した銅貨を引っこめてしまった。このつまらない事実は、あとで重大な意味を持って来るから、読者は憶《おぼ》えておいていただきたい。

彼女はその日の午後、ロンドン塔の向うに住んでいるコリイ叔母の家へよばれていた。彼女は正午前に家を出て先方に着き、叔母夫婦といっしょに昼飯を食べた。あまり御馳走がなかったので、晩飯も食べて行っておくれ、泊ってお行きよ、と叔母はすすめたが、エリザベスはあまりいい返事をしなかった。それより外套を買いたいから、ローズ・メリイ横丁までいっしょに行ってくれないかと頼んだが、これは叔母の方で面倒くさがった。

とにかくそんなことで彼女はその日の午後は叔母とおしゃべりをして過し、近所のビヤホールへ一杯やりに行ってしまった叔父を呼び戻して、晩飯も御馳走になった。九時、叔母夫婦はエリザベスといっしょに家を出た。その頃のロンドン塔の付近は、強姦や掻《か》っぱらいは日常茶飯事だったから、夜、女の子の一人歩きは危険だった。ハウンディッチまで来れば、ライヤン家はすぐそこだし、通りには起きている店もあるから、大丈夫である。そこで叔母夫婦は笑ってさよならをした。コリイ叔母さんはそれでも心配で、道傍《みちばた》の杭《くい》に身を寄せて、姪《めい》の姿が角を曲って消えるまで、見送っていた。

門限の九時にライヤン棟梁は戸締りをしようとして、エリザベスが帰っていないのに気がついた。むかむかしながら十時まで待っても、まだ帰らないので、ひとまたぎのキャニング家へどなり込んで行った。母親はライヤンさんの話を聞いて顔色を変えた。エリザベスは夜遊びをするような娘ではなかったからである。小僧のジェイムスがたたき起されて、ロンドン塔の向うのコリイ叔母さんの家まで駆け出して行ったが、九時すぎにハウンディッチの角で別れたという話を聞いて来ただけだった。

まんじりともしないで夜を明かした母親は、六時にまたジェイムスを叔母の家へやり、自分も九時に出掛けて行ったが、娘はそっちへも帰っていない。ジェイムスが歩いて、ロンドンの中心部に近い駐在所をきいて廻ったが、なんの消息もつかめなかった。

要するにエリザベス・キャニングはハウンディッチからオルダマンベリの間の三町ほどの間に、消えてしまったのである。

「尋ネ人。十八歳ノ少女、身長五尺、少シクアバタアリ、血色ヨシ。額広ク、眼青シ、睫毛《まつげ》ハ明色ナレドモ、髪ハ黒。紫地ノ上着ニ、黒ノ綿入レペチコートヲ着シ、緑色ノ下着、黒靴、水色ノ靴下、緑色リボン付キ白色経木《きようぎ》帽子（これは当時流行の麦藁《むぎわら》のイミテーションで、薄い木屑で編んだものである)。去ル一月一日月曜日、ハウンディッチ付近ニテ知人ト別レタルママ、行方不明ナリ。同女ニツキ御存ジノ方ハオルダマンベリ・ホスタンノ木挽《こびき》職ミセス・キャニング方ニ御知ラセ乞ウ。礼金十ギニイヲ進上」

哀れな母親に十ギニイなんて大金があるはずはなかったが、近所の人の同情で、こんな広告を一流紙「デイリイ・アドヴァタイザー」に出すことが出来たのである。

ビショップスゲート街の油店「ツー・ジャース」の店番の女が、馬車の中から女の叫び声を聞いたという噂があったが、母親が訪ねて行ってみると、男の声みたいだったともいう。それに声が聞えたのは二日の明方だったというから、それがはたして前の晩の九時にいなくなったエリザベスだったかどうかたしかでなかった。

しかし念のために広告のうしろに「同女ヲ乗セタル御者ノ方ニテ、心アタリアル方」とつけ加え、「ビショップスゲート街ニテ、辻馬車ノ中ヨリ悲鳴聞エシユエ、オソラク心ヨカラヌ人物ニ攫《さら》ワレタルモノト推測サル。御記憶アル御者ノ方ニハ厚ク御礼スベシ」と書いて見たが、なんの反応もなかった。

ミセス・キャニングは信心深い女だったので、方々の教会を廻ってお祈りを上げて貰い、後にメソジストという一派を開いたウェズレ氏も、自らエリザベスの無事生還を祈ってくれた。怪しげな行者を訪ねて、たんまり占い料を巻き上げられた。占いによると、「エリザベスは生きているが、年取った女の手に捉《つかま》っている」ということだった。

それから一月二十九日まで、母親にとって苦しい日が続いた。その日の夜の十時十五分過ぎ、彼女は毎晩のきまりでベッドに跪《ひざまず》いてお祈りをした。「お上さんはお祈りを上げると、あの子の幽霊が見えるんだってさ」と小僧のジェイムスは言っていた。実際母親は「生きていないのなら、せめて幽霊でもよろしゅうございますから、お見せ下さいまし」と大声で祈っていたのである。

その時表戸がカタカタと鳴った。子供達はふるえ上った。母親は駆け寄って、ドアを一杯に開けた。彼女の祈りは聞かれたらしかった。エリザベス・キャニングの幽霊がそこに立っていた。

2

エビのように体を折り曲げ、横匍《よこば》いになって、真黒なボロをかついだ幽霊が部屋に入って来た。

た。

「おっかさん。あたしです」

幽霊は人間の声を出した。それから元日の日、彼女をからかった上の弟の方を向い

「お年玉上げなくてごめんなさい。はい、これ。銅貨は取られなかったのよ」

彼女はその死人みたいに痩《や》せた手を差しのべて、一枚の銅貨を弟の手に握らせた。それが彼女の持っている最後の金であった。この言葉と行為も、後で重大な意味を持って来るから、憶えておいてほしい。

エリザベス・キャニングはひどい姿になっていた。死人みたいに青黒く、ボロボロのガウンの下の、黒いペチコートは膝のあたりが裂け、裾《すそ》が土まみれになっていた。ざんばら髪の上にはきたないハンカチをのっけていた。耳の後に怪我をしたらしく、血がかたまっていた。顔は水に浸ったようにふくれ上り、手の指はねじ曲り、棒みたいに延びた爪は真黒で――要するに幽霊でないまでも、とてもこの世の者とは思われない物凄《ものすご》いかっこうをしていた。

母親はウーンといって眼を廻してしまったが、やがて正気を取り戻しても、しばらく腰を抜かしていた。それでも子供を近所の家へ行かせる指図ぐらいは出来た。エリザベス帰るの知らせに、みんなが駆けつけて来た。パンは喉を通らなかったが、あっ

たかいブドウ酒を持って来てくれる人があり、それを少しずすると、彼女はだんだん話す力を取り戻して来たらしかった。

それから雇主ライヤンさんと、元の雇主のウィントルベリさんはじめ隣近所の名士の前で、彼女は実に奇妙な話をした。

一日の夜九時、叔母夫婦と別れてから、ベドラン病院の壁に沿って、ムアフィールドまで歩いて来ると、不意に二人の恐《こわ》い大男が飛びかかって来て、上着と帽子とお金を取ってしまった。(ペチコートのポケットに入っていた銅貨は取らなかった)それから滅茶苦茶に打たれ、ビショップスゲートの方へ引っぱって行かれるところまで憶えているが、そこで意識を失ってしまった。気がつくと、彼女はどこか田舎道を同じ男たちに、半分持ち上げられるように、引きずられているところだった。夜明け方、道傍の一軒の家へ連れ込まれた。

食堂に金髪と黒髪の二人の若い女に、一人の年取った女がいて、「あたし達みたいに、いいおべべを着て、うまい物を食ってさ、レディみたいにポケットをお金でふくらまして暮してみようとは思わないかい」と言った。どういう意味か、はっきりはわからなかったが、とにかくきっぱり断わると、年寄りの女は箪笥《たんす》から刀を出して、彼女の下着の紐を切り、着物をみんな脱がしてしまった。女達はげらげら笑っていた。それからペチコートだけ「こんなものは役に立たないからくれてやる」と言って、顔にぶっつけ、屋根裏に追い上げ「大きな声を出すと、喉をプスリだぞ」と言って降りて行った。

「そりゃ、エンフィールドのウェルズ婆さんの家だ。首を賭けてもいいや」

こう言い出したのは、隣人の一人、鹿の角挽きのスキャラット君だった。ウェルズ婆さんの家はその頃ロンドンで名の通った淫売宿だった。

「どんな婆さんだった、そりゃ」

その道に通《つう》のスキャラット君が質問した。

「背の高い、真黒に日やけした人でした」とエリザベスが答えると、こっちは怪訝《けげん》そうに首を振った。

「そいじゃ、ウェルズ婆さんじゃねえな、やり方はたしかに婆さんだが。そいで部屋はどんなだった?」

「なんだかうす暗い部屋でした」

ベッドが一つ、椅子が一つか二つ、暖炉の上に一枚絵がかかっていた。テーブルが一つあり、板を打ちつけた窓が二つ、古ぼけた鞍《くら》が一つおいてあった。部屋には鍵がかかっていた。口のかけた水差しと、パンの四半斤ぐらいのかけらがおいてあった。この乏しい食物で彼女は約ひと月閉じこめられていたと言うのである。家には始終人の出入りがあるらしく、音がしていたが、誰も彼女のそばへ来なかった。

「きっとあたしが死んじゃえばいいと思ったんです」

聞き手の中には、パン四半斤でそんなに永く生きられるのかなあ、と言う者がいたが、ミセス・キャニングは驚かなかった。

「ひどい時にゃ、うちの子は一日パンひと口で暮して来たんですからね」と彼女は言った。

どの辺だったと思うという質問に、ハートフォード街道に沿ったどっかだと思うと言った。窓から見ると街道通いの乗合馬車が見えたからである。

「じゃ、やっぱりウェルズ婆さんの家だ」とスキャラット君が請け合った。

「よくわからないけど、部屋の中を歩いてると、階下でウィルズとかウェルズとか言ってるようだったわ」と彼女は低く呟《つぶや》いた。

二十九日の午後四時頃、古ぼけたガウンが暖炉に突込んであるのを見付けたから、それを引っぱり出して着ると、彼女は思い切って窓に打ちつけてあった板を二枚はずし、そこから首と肩を出し、両足も出して、下へ飛び降りたのである。耳のうしろを切ったのは、その時である。それから畑を通り、橋を渡って、街道へ出た。男の人に会ったから、ロンドンへの道を聞いて、歩いて来た。——

これが大体彼女がその晩、母親と隣人の前でした話であり、これから彼女の経験しなければならなかった二つの裁判を通して、大筋はかわらなかった供述である。

供述には多くの疑問を差し挿《はさ》む余地がある。

ウェルズ婆さんと二人の共犯者がエリザベス・キャニングのような、あまりパッとしない娘を（それは前に引いた「尋ね人」の広告記載の描写でも察せられるが、当時のアクチュアリティ〈際物《きわもの》〉書きは「面相ことのほか不細工なる醜《しこめ》女なり」とはっきり書いている）誘拐して、なんの得があるだろうか。若い女でありさえすればいいと仮定しても、タマを屋根裏へ追い上げて餓死させることに、なんの利益があるだろうか。もし殺すのが目的なら、手段はいくらでもあるはずである。彼女を殺そうとする動機は如何《いかん》？　もし彼女が殺されると思い、窓から乗合馬車が見えたのなら、なぜ助けてくれと叫ばなかったか。二十九日に窓の板があっさりはずせたのに、なぜそれまでに逃げ出そうとしなかったか。殺されるのがこわかったなら、なぜ夜まで待たなかったか。日がかんかん照っていたのに、彼女は明らかにいとも容易に逃げ出している。

これらの実に常識的な疑いを彼女は解くことが出来なかったので、結局アメリカへ追放されることになったのだが、そうすると、なぜ彼女はそんな嘘を吐《つ》く必要があったのか、という新しい疑問が生じて来る。

事件は謎を含み、またこれからの裁判の経過はイギリスの朝野を二分するほどの騒ぎになってしまった。事件はいわゆるコーズ・セレーブル causes célèbres（著名事件）として文書に残り、二百年後の今日、謎はまだ論じられている。

一九四五年、アメリカの十八世紀イギリス文学研究家、リリアン・デ・ラ・トアは、『消えたエリザベス』という推理小説的記録を書き、謎を解いたと揚言している。この一文は大体それに基づいた要約だが（東京創元社、一九五八年刊・平井呈一氏の訳文を拝借した）、謎が実際解けているかどうか、の判断は読者に委《ゆだ》ねるほかはない。

3

事件が有名になった理由の一つは、エリザベスを最初に取り調べた治安判事が、名作「トム・ジョーンズ」の作者、ヘンリイ・フィルディングだったからである。彼は事件の五年前の一七四八年以来、ロンドンのウェストミンスターとミドルセックス地区の治安判事だったが、この年は宿痾《しゆくあ》の神経痛が進んで、エリザベスが彼の前に連れて来られた時、膝の上まで繃帯《ほうたい》を巻き、椅子に腰かけているのがやっとだったといわれる。

彼は「トム・ジョーンズ」では、理想の恋人ソフィがいるのに、他人の細君や未亡人と通じる悪漢を主人公に仕立て、しかもその悪漢を悪漢として描かなかったので、一部道学者から非難されていた。しかし晩年の数年は判事としての職に熱中し、特に下層階級が貧困のために犯罪に陥る現状の改革に力を尽していた。

彼は最初にエリザベスを見た時から、彼女が嘘を吐けるような女ではないと信じ、事件が紛糾してからも、彼女の味方として戦ったのだが、最初の段階では病気のため、エリザベスの取調べを十分にできなかった。これが彼の手落ちで、純文学雑誌で「トム・ジョーンズ」を論じた批評家山本健吉氏は「フィルディングは傑作の小説を書いたが、社会的行動においては失敗した」と断じている。しかしそれは必ずしもそう簡単には参らぬことを証明して、文豪フィルディングを弁護するのも、この一文の目的である。

しかし筆が少し先に走りすぎた。話を半死半生のエリザベスが、二十八日ぶりで母親に抱いてもらい、体をあたためてもらいながら、安らかにベッドで眠った一七五三年一月二十九日まで戻そう。

大して美人でないだけで、気立もよく、品行にも非の打ちどころがないエリザベスが、身ぐるみはがれた上、淫売宿に連れ込まれ、乞食《こじき》よりひどい恰好で逃げて帰って来たことは、オルダマンベリの住民たちを激昂《げっこう》させた。すぐハートフォードへ連れて行って、ウェルズ婆さんと対決させたいところだが、エリザベスの衰弱があまりひどいので、計画は二日延期された。

この時、エリザベスは直ちに裁判所なり警察なりに訴え出るべきだった、と言われている。専門家ならば、被害者がベッドについていても、ハートフォードの現場が荒されないうちに、有効適切な捜査を行って、エリザベスの話が本当かどうか、直ちに決めることが出来ただろうと言われている。

ところがあいにく怒り心頭に発したオルダマンベリの住民たちは、エリザベスをウェルズ婆さんの目の前へ突きつけて、ぎゃふんと言わせてやることしか考えなかったのである。普段は結構お世話になっているくせに、こういう時になると変な正義感にかられるのは、今も昔もかわらない人間の本性である。

彼等がまごまごしてると手遅れになるぞ、と気がついたのは、事件が新聞へ出た一月三十一日だった。

「エンフィールドのウェルズ婆が知ったら、逃げちまうぞ」

義捐金《ぎえんきん》はあり余るくらい集って来た。まだふらふらなエリザベスをベッドから引きずり出して、市役所の司法係の部屋へ押し立てて行った時、随行した野次馬の数は五十人だったと言われている。事件は最初から社会的事件の様相を呈していた。

かかる大勢の正義の士の集団を見て、市助役はろくに取調べもしないで、ウェルズ婆さんの逮捕状を発行した。一行は歓声を上げて、二頭立ての遊覧馬車二台を借り切って、ハートフォード街道へ繰り出した。馬車に乗り損ねた不運な連中は徒歩で行った。無論自分の馬を持っている物持《ものもち》は馬で行った。

ウェルズ婆さんの家のあるエンフィールド・ウオッシュは、ロンドンからハートフォード街道を二十キロ行ったところにある小さな村である。土地の駐在所長は予《あらかじ》め知らせを受け、一行を待っていたし、市警のホワイト警部も間もなく一行に追いついた。オルダマンベリの住民の激昂の熱度がどんなに高いものであるにせよ、いや、高ければ高いほど、当局としてはそのまま放ってはおけなかったのである。

ホワイト警部は連中に先立って、ウェルズ婆さんの家に入り、婆さんはもとより、二人の美女を逮捕した。二階の上等の部屋には、見知らぬジプシイの老婆と二人の息子がいたが、これもついでに逮捕して、ウェルズ婆さんと同じ部屋へ押し込めた。

ホワイト警部は直ちに家探しにかかったが、エリザベスが取られたという着物はどこにも見当らなかった。彼の公平な警官の眼から見ると、屋根裏の部屋の様子は、エリザベスの供述とはちがっていた。そこはガランとした細長い部屋で、一隅に乾草《ほしくさ》の山があったが、このよく眼につくものが、エリザベスの供述にはなかった。鞍はあったが、それは彼女のいうように一つではなく、三つだった。

乾草を足でどけると床に小さな穴があり、台所がよく見えた。この家に少し怪しいところがあるのは、否定出来なかったが、だからエリザベスが監禁されていたということにはならない。

窓は二つあったが、一つはガラスがはまり、もう一つは上半分に板を打ちつけてあった。警部はこれがエリザベスが逃げ出した窓かも知れないと思った。窓の下へ行って見ると、そこは狭い路地になっていたが、柔らかい赤土の上に、足跡は一つもなかった。

警部はエリザベスがいたのは、この家じゃなかったんじゃないか、と疑いはじめていた。同じ心配はオルダマンベリの連中にも感染した。熱心な一人が馬を飛ばして、のろのろエンフィールドに近づいて来るエリザベスの乗った馬車まで取って返した。エリザベスは乾草と暖炉があった、と言った。

「おーい、お嬢は乾草はあったと言ったぞ」

再びウェルズ婆さんの家へ着いた熱心家は入口からどなった。

こんな状況ではじめられた対決が、どういう影響を病み上りの娘に与えたかは、想像に難くない。彼女は家に入って椅子に坐ると、しばらく口もきけなかった。二十八日もの間、苦しんだ場所を見て、ショックを受けたのだと解釈する者もいるが、それでなくても、病み上りの彼女が長い馬車旅行の揚句、こんな雰囲気の中へ連れ込まれては、気を失わなかったのが不思議なくらいである。

遂に客間に入って、ウェルズ婆さんと対決の場になった。婆さんのほかに、ルーシイ・スカイヤズとヴァチュ・ホールという若い女がいた。ヴァチュは金髪だったが、ルーシイの髪は黒かった。彼女は部屋の隅の暖炉のそばに坐ったジプシイ婆さんの娘だったから、髪が黒いのは当り前である。

ジプシイ婆さんは陶製のパイプをふかしていたが、頭巾で顔を隠すようにしていた。エリザベスはウェルズ婆さんには見向きもしなかったが、すぐ二人の女を指さして、

「あたしが下着を取られた時、そばで笑っていたのは、この二人です」と言った。

「あんた、あたし知ってる?」

ウェルズ婆さんがきいた。エリザベスは首を振った。

「もっと色の黒い人でした。そこの隅にいるお婆さんです」

老婆はしばらく身じろぎもしなかったが、やがてどっこいしょと腰を上げて、エリザベスの方へ顔を突き出した。

「よく、この顔を見ておくれよ。神様でも揃いのものは、やすやすとはお作りになれん代物じゃからの」

成程これはこの世にまたとない顔にちがいなかった。なにか皮膚病があるらしく、ひどくひん曲った顔だった。ことに下唇はふくれ上って、赤ん坊の腕ほどあった、と言われている。

エリザベスはこの怖ろしい顔を突き出されてもたじろがなかった。

「あなたです」彼女はきっぱり言った。「お気の毒ですけど、よく憶えてるんです」

これは重大な言明である。彼女が取られた下着は価格十シリングであったが、一七五三年のイギリスでは、十シリング以上盗むと死刑になったからである。そしてここでまた一つ疑問が出て来る。こんな特徴的な老婆の顔立を、なぜ彼女は最初から言わなかったのか。

「そんならいつ、わたしがお前さんのものを剝《は》いだと言うのかね」と老婆はきいた。

「元日です」

「これはしたり、元日なら、わたしはここから、百二十マイル離れたとこにいたのだがな」

「婆さん、どこだね。あんたがいたってのは」

エリザベスの味方の一人がきいた。

「ドーセットシャーのアボッツベリですわ。証人は大勢いますよ。三十年、四十年前からの知合いの人もいますものな」

そうだそうだ、という同意の声が起った。ジプシイはこの家へは一週間前に来たばかりだと言った。しかしそう主張する人達も、ウェルズ婆さんその他同様、この時には怪しい仲間に入れられていたから、遂にこのメアリ・スカイヤズという名の老婆と、二人の若い女が逮捕されるのを妨げることは出来なかった。そしてここから、エリザベス・キャニングの不幸は始まったということが出来る。

彼女は最初二階に上る階段を間違えた。二階の物置小屋に連れて行かれると、閉じ込められていたのはたしかにこの部屋だと言ったが、それは彼女の言うように鍵のかかる部屋ではなかった。前に書いたように、鞍は彼女が一つあったと言うのに三つもあり、天井から滑車が下っていたが、彼女はそれを知らないと言った。暖炉はあったが、絵なんかなかった。窓の数も合っていたし、ハートフォード街道の眺めも大体彼女の言った通りだったが、彼女は部屋にある箪笥をおぼえていなかった。

オルダマンベリの後援者の中にも、彼女はこの部屋にいなかったと思い始める者がいた。しかし当時の法律では、これだけの事実に基づいて、メアリ・スカイヤズを窃盗の罪により、ウェルズ婆さんを売春の罪により、裁判所に送るのに十分だった。エリザベスが盗まれたと主張する下着は、どこからも出て来なかった。しかし当時はロンドンへ持って行って質屋へ入れてしまえば、警察の旦那にも見つかりっこない、というのが常識だった。従って盗品が出て来ないでも、怪し気なジプシイ女を裁判にかけるには十分だったのである。

二月七日、エリザベスは生れてはじめて輴《こし》に乗り、オルダマンベリ後援会（がすでに出来上っていた）がつけてくれたソールト弁護士につき添われて、ボウ町の治安判事ヘンリイ・フィルディングの役所に出頭した。

告発状はすでに作成されていて、彼女は判事の眼の前で、それにサインすればよかった。字が書けなければ、バッテンをつけてもよかったが、彼女はちゃんとECとイニシャルを書いた。

フィルディングの指図で、ウェルズ婆さんの家にいた若い女ヴァチュ・ホールが逮捕されて来た。治安判事におどかされると彼女は忽《たちま》ちおそれ入って、エリザベスはたしかに一月一日から二十九日まで、二階の部屋にいたと白状に及んだ。フィルディングはこれで十分と見て、供述調書作成をエリザベスの弁護人ソールト氏に任せた。これも彼の手落ちと言えるかも知れないが、これくらいは当時誰でもやることだった。

エリザベスのいたという部屋にずっと寝起きしていたと主張する百姓の妻がいたが、ヴァチュと対決させられると、よくわからないといって逃げた。

「偽証罪で逮捕して下さい」とエリザベス側は言ったが、フィルディングは残念ながらそれは違法だと言った。「なぜなら、ヴァチュ・ホールにも同じ疑いを持つことが出来るからである。判決が下りるまではだめだ」

メアリ・スカイヤズとウェルズ婆さんに係わる第一回公判は、一七五三年二月二十一日、中央刑事裁判所で開かれた。すると満員の傍聴人の前に、ジプシイ側からドーセットシャー居住の三人の善良なるアリバイ証人が出て来た。その一人はきっぱりとした調子で、一月二日に被告人のメアリとアボッツベリで会ったと言った。もし陪審員が三人の男の言うことを信じれば、ジプシイは無罪になるところだった。

しかしそんな奇跡は起らず、このアリバイ証言にも拘《かかわ》らず、メアリ・スカイヤズは有罪となり、死刑を言い渡された。ウェルズ婆さんは不名誉なる共犯者として、手に入墨されることになった。

陪審長はジプシイのためにアリバイ証言をした三人の証人を、偽証罪によって処罰すべきことを要望したが、裁判長は拒否した。この判事はドーセットシャーの出身で、すでにアリバイを再調査するつもりだったのである。

エリザベスの勝利は敗北への第一歩であった。

4

メアリ・スカイヤズ救護運動の先頭に立ったのが、ロンドン市長サー・クリスプ・ガスコイン卿《きょう》だったことが、この事件の複雑な背景を物語っている。死刑執行の前日、ジプシイの老婆は無条件で釈放されてしまった。

それからイギリスを二分する騒ぎがはじまったのである。当時のロンドンはジャーナリズムの揺籃期《ようらんき》で、主な武器はパンフレットであり、諷刺詩であり、漫画であった。

エリザベス方は、主としてロンドンの下町の商人と、「パメラ」以来著しく「女中」に対して同情深くなっていた小説好きの連中と自由思想家であった。「パメラ」は文士としては、フィルディングの仇敵《きゅうてき》、サムエル・リチャードスンの書いた書簡体の小説で、清純な女中が、彼女を誘惑した貴族の若旦那を、その誠実さによって改心させ、最後に結婚する物語で、「トム・ジョーンズ」と並んで、イギリス近代小説、いや、世界最初のブルジョア小説として、名前だけは文学史に残っている。(もっとも当時の女中さんは、エリザベス同様自分の名前の頭文字が書けるだけでもいい方だったから、この小説を読むのは主に若旦那の方で、女中誘惑術の教科書の役割を果しただけだったが、とにかく文学史ではそうなっているのである)

フィルディングは最初「パメラ」のパロディを書いてデビューしたのだが、年と共に嘲笑の才は影をひそめ、むしろ「パメラ」のような誠実な女性を認める傾向を示していた。エリザベス・キャニングの「澄んだ眼」を信じたのがそのためかどうかわからないが、とにかく彼はパンフレット「エリザベス・キャニング事件の真相」を書いて戦列に加わった。

メアリ・スカイヤズ方は、なんといってもロンドン市長が筆頭であるが、法曹界には文士判事フィルディングに対する反感があって、彼の経歴にケチをつける絶好の機会をのがしはしなかった。それでなくても、彼は犯罪発生の原因を貧困におく悪しき環境論に陥り、生意気にも裁判の残虐性を強調したりしていたからである。(この事件のためではなく、実際に病気が悪化したせいだが、彼は次の年の四月、ある凶悪犯の一団の手入れを行った後、職を異母弟に譲って引退している）文学上の敵は無論この時とばかり、連日新聞でフィルディングとエリザベスの悪口を書き立てた。

しかし何よりもいたかったのは、エリザベスがたしかにウェルズ婆さんの家にいたと証言していたヴァチュ・ホールが、市長の囲い者となると共に、証言をひるがえしたことであった。続いてアボッツベリから、十人組の組頭、檀家総代《だんかそうだい》、名主など十五人の「名士」が、ジプシイ女のアリバイ証人として上京して来た。

気違いのようになったエリザベス方の尖鋭分子は、市長の馬車に投石するまでに到ったが、事態がここに到っては、エリザベスが偽証罪で逮捕されるのを防ぐ手立てはなかった。明けて一七五四年四月二十九日、かつてメアリ・スカイヤズが坐った中央刑事裁判所の被告人席に彼女は坐らねばならなかった。

二十九日の夕方、ハートフォード街道で、たしかにエリザベスに道を聞かれたという証人が出たのは彼女に有利であったが、彼女自身の記憶は問詰められると、あやふやになるばかりだった。裁判の細目について詳しいことは省くが、彼女は或る時は水差しの最後の一滴を二十七日に飲み干したと言い、別の時は二十九日、つまり脱出の日に飲んだと供述したことも不利になった。彼女が飢えのために、頭がボーッとしていたことを考慮すれば、彼女はすべてをよく覚えている方なのだが、ヴァチュ・ホールが、フィルディング治安判事とエリザベス後援会の圧迫で、偽証させられたのだと主張しはじめ、ジプシイの老婆のアリバイ証人が三十六人も出て来てはどうなるものでもない。

エリザベス側でもエンフィールド付近の住民で、メアリ・スカイヤズが一月一日から十日の間にその辺へ行商に来たという証人を集めて来た。ところが弁護人は金の支払について委員会と喧嘩をはじめ、公判間際に証人の名簿を持って行方をくらましてしまった。

こうして裁判はエリザベスに不利になるばかりだった。裁判長はメアリ・スカイヤズに有利に説示し、陪審員は二時間の評議の後ちょっと面白い評決を持って、法廷に戻って来た。

「故意、又ハ金銭上ノ目的ヲ有セザル偽証罪」

しかし裁判長は評決のやり直しを命じた。起訴状にある被告人の罪を認めるか、さもなくば無罪釈放にせよ、というのであった。(十八世紀にはこんなことをやっても、異議を申立てる弁護人はいなかった)三十分後、陪審員は再び法廷に現われた。評決は、

「故意ニシテ、金銭上ノ目的ヲ有スル偽証罪、寛大ナル御処置ヲ乞ウ」

最後の句は二人の陪審員の強い主張によって、付け加えられたものであった。しかし有罪になってしまっては元も子もない。刑は一カ月の入牢の後、七年間のアメリカへの流刑《るけい》であった。この処置は彼女を国内におくと、騒動のきりがつかないからであった。公判中エリザベス側の連中が彼女を裁判所まで送り迎えし、或いは裁判所の前で喚声を上げるので、ロンドン市長は散会しないと、一七一六年の反乱の時取った処置を採るぞ、と脅かさねばならなかった。

刑がきまれば、彼女は真実を告げるだろうと期待されていた。しかし彼女は入牢しても「ほんとのことを言っただけです」と繰り返した。教誨師《きようかいし》レイナー神父は彼女を信じた。

彼女をアメリカへ運ぶ囚人船の水夫長は、船員を集めて「お前達が女囚に乗っかれないように、特別におれの部屋へ寝かせるからな」と言い渡した。彼は翌日船長から解雇された。彼は大急ぎで囚人船の実状を、エリザベス後援会に告げに行った。この話を聞くとエリザベスは引きつけてしまった。刑務所の医者の診立《みたて》では、とても立って歩ける見込はなかった。しかしその囚人船が出帆したと聞くと、彼女はケロッと直ってしまった。

貨物船で彼女を運ぶ運動が始められ、遂に実現した。敵方のヒル博士は、千五百ポンドの金が集ったと書いているが、これは少し大袈裟だろうということである。コネティカット州の流刑地で彼女はお金持の息子トリート氏と結婚し、多くの子供を儲《もう》けた。六年後の一七六一年、或る有志の婦人が彼女に遺贈した五百ポンドの金を受け取りにイギリスに帰ったほかは、彼女はアメリカを離れなかった。一七七三年に死ぬまで、彼女は主張を変えなかった。

5

以上が大体エリザベス・キャニング事件のあらましである。無罪を信じたのはフィルディングだけではなく、スコットランドの歴史家アンドリュ・ラングも彼女の無罪説を支持した熱狂的論文を書いた。二十世紀のイギリス文学研究家リリアン・デ・ラ・トアが記録を詳しく当った末、到達した結論は次の通りである。

彼女は自分で事実だと思っていることを話していたのであるが、彼女は実は一月一日の夜、二人の暴漢に襲われた時から、一月二十九日ウェルズ婆さんの家の屋根裏で我に帰るまでの間の記憶を失っていたのである。

デ・ラ・トア女史は彼女がヒステリイ性癲癇《てんかん》を母親から受け継いでいて、幼時より引きつける癖があったことを指摘している。男性を恐怖し、元の雇主ウィントルベリ氏の家から暇を取った日から月経が止り、事件後九カ月後までそのままだったことまで調べ上げた。囚人船の水夫の習慣を聞いて、彼女がヒステリイを起したのは同じ傾向の防禦《ぼうぎょ》反応だという。女史によれば、すべてはウィントルベリ氏が彼女に言い寄ったことから始まっているという。彼女を誘拐させたのも、この元雇主だというのである。

しかしこういう理論はすでにある説を批判する時は有力だが、積極的に事実を構成する段になると弱くなるのが難点である。しかしこれは唯一の合理的結論である、と女史は主張する。

彼女の失踪の原因として、当時から堕胎説、駆落ちして男に売られたのだ、梅毒治療説などがあった。処女性は証明されていないが、子供を生んだ経験がないこと、水銀療法の痕跡がないことには、医学的な記録が残っている。

彼女の供述によれば、二十八日間パン四半斤で生きていたことになるのだが、当時人間は幾日ものを食わずに生きていられるか、エリザベスを例にとって、意見を発表した医者がいる。それはまあいい加減なものとしても、もし便秘による中毒があれば、自衛的に食欲がなくなり、二十八日なにも食わずにいることも不自然ではないというのが、現代の理論だそうである。

一方エリザベスの供述を見ると、支離滅裂ではあるが、部分的に自然性が認められる。もし彼女がオルダマンベリの人々を欺くためなら、もっとうまい嘘の吐き方がいくらでもある。ところが彼女の言葉も態度も、終始一貫して自然である。ただ記憶のないところを、ためらい勝ちに、小出しに補って言っただけである。

「あたし達の仲間へ入れば、いい着物を着て」云々《うんぬん》のウェルズ婆さんの台詞《せりふ》その他の行動は、性的に無知な少女がそんなものだろうと空想する淫売屋の光景であり、エリザベスがほんとに淫売屋を知らなかった証拠であるといわれている。

失踪中、彼女の記憶が確かなところがある。屋根裏で気がついてから脱走するまでである。彼女は窓から見たハートフォード街道の光景を正確に描写したし、ロンドンへ帰る途中、一人の男に会って道をきいたのにも証人がいる。彼女はそれまでに脱走出来たのにそれをしなかったのではなかった。二人の男になぐられ金を奪《と》られた時から記憶を失い、自分がどこにいるか、何をすべきかを考える力を失っていたのである。

彼女が家へ帰って最初にした行為が、お正月に上の弟にやらなかった銅貨を急いでやったことだったのは、一月一日と二十九日が、彼女の意識では連続していたことを示す。

二人の愚連隊を雇って、彼女をさらわせたのは、元雇主のウィントルベリ氏だった。彼女は決して監禁されていたのではなかった。初めは上等の部屋をあてがわれていたのだが、何をきかれても上の空で、泣いてばかりいるので、ウェルズ婆さんもウィントルベリ氏も手を焼いてしまった。そのうちウィントルベリ氏は来なくなる。ところがウェルズ婆さんは彼女がどこに住んでるのかを知らない。逃げ出てくれればいい、とむしろ待たれていたのである。だから彼女は昼間の四時という時間に、誰にもつかまらずに、街道まで抜け出すことが出来たのである。

ウェルズの家の間取について、彼女の認識は混乱している。それは彼女が気がついてから、一時間か二時間しかそこにいなかったからである。

気がつくと自分はいつの間にか、薄暗い部屋に、裸同然の姿でいる。彼女の最後の記憶は、暴漢に襲われたところだから、二人にここへ連れ込まれたということはわかる。着物も取られてしまったのだ。階下で話声がし、ウィルズとかウェルズとか言っている。床に穴があったから覗くと、色の黒い老婆と二人の若い女が笑いながら話している。老婆は立ち上って、簞笥から庖丁を出した。パンを切って、若い女の方へ差し出す顔の怖ろしさ。——あたしはきっとあのお婆さんに着物を切って取られたのだ。逃げ出さねばあの庖丁で殺されるかも知れない。

エリザベスは身震いして、のぞき見をやめる。とたんに自分も腹がすいているのに気が付く。見るとパンのかけらがあり、水差しがある。（ウェルズ婆さんは、たんまりではないが、一日ひと切のパンと水ぐらいは持って来てくれたのであり、ただ彼女の方が食べなかっただけなのだ）水を飲み、パンを齧《かじ》ると腹が痛くなって来た。逃げ出さなければと思う。窓からのぞくとハートフォード街道を乗合馬車の通るのが見えたから、沿道のどこかであることがわかった。（ウィントルベリさんのところにいた時の、彼女の勤めの一つは、この街道の乗合馬車の終点へ行って、荷物を受け取ることだったから、馬車に見覚えがあったのである）

とたんに彼女は勇気が出て来た。暖炉のボロボロのガウンを引っぱり出し、それをかぶると、なりふりかまわず窓の板をはがし、脱出に成功する。（窓の下の赤土に足跡がなかった理由については、その日の夕方から、九時頃まで雨が降ったということまで、デ・ラ・トア女史は調べている）

これが真実だとすれば、ジプシイのアリバイはどっちでもいいようなものだが、女史は追及をやめない。当時は判事は賄賂《わいろ》を取り、弁護士は遠慮なく依頼人をしぼり上げたから、裁判は非常に金がかかることだった。エリザベス側には義捐金が集ったが、ジプシイ側は誰が出したのか。ロンドン市長が財源であるのは、当時公然の秘密だった。なぜ市長がジプシイなんかに金を出すのか。

アリバイ証人の経歴を仔細《しさい》に検討すると、どこかで税務署と引っかかりがあるのがわかった。ジプシイが半ば公然の密輸業者であり、同時に政府のスパイでもあったことは、今日では明らかになっている。つまり政府はジプシイの仲間の顔役であるメアリ・スカイヤズを見殺しにしてしまうと、ジプシイの統制が利かなくなるのであった。

婆さんが一月一日からエンフィールドにいたにせよ、二十日すぎに着いたにせよ、エリザベスが屋根裏でほったらかされていたのは事実である。みんな知っていたのである。屋根裏に寝ていた百姓夫婦は実際この厄介者と同居していたのであった。

ただ彼女がいたと言ってしまうのは、そのために罰せられない保証がなければならない。彼等は娼婦ヴァチュ・ホールと同じように、常に勝ちそうな方に都合のいい証言をしたにすぎない。しかし彼等の証言をよく比べて見れば、エリザベスがその家にいたという筋だけははっきり辿れる。

エリザベスの下着はたしかにはぎ取られ、ロンドンで売り飛ばされていた。ウェルズ婆さんは有罪である。ただ誰もそれを言わなかった。エリザベスがウェルズ婆さんを知らないといった時、彼等はかくしてしまう方針をきめた。

「エリザベス・キャニングはついに秘密を語らなかった。なにが自分の秘密であったかを、ついに知らなかったからである」

こういうちょっと感動的な洒落《しやれ》た文句で、デ・ラ・トア女史の「消えたエリザベス」は終っている。しかし前にも指摘したように、女史の組立てた物語はここでも矛盾を突くところは明快だが、積極的に事実の繋《つな》がりを構成するとなると、脆《もろ》いところが出て来る。いくらウィントルベリが金をふり撒《ま》いたとしても、あれだけ大勢の人間の口をふさぐことはむずかしかったろうし、第一エリザベスがそれほど御執心になるような女でないことはたしかなようである。矛盾は必ずどこかに出て来る。ここに書かなかった細部にも、気になるところがあるのだが、ほかに解決がないのなら止《や》むを得ない。

そしてこの理論はエリザベスだけではなく、文豪フィルディングの名誉も回復してくれるのである。「裁判官になり切れない文士フィルディング」と「トム・ジョーンズ」の訳者朱牟田《しゆむた》夏雄氏は言い、外国文学を知らない批評家山本健吉氏もその意見に従っている。しかし十八世紀のイギリス貴族の入る大学は、今日の日本の大学のように法科と文科は判然と分れていなかった。だからフィルディングは三十歳からでも、ちょっと勉強すれば、弁護士試験に通り、次いで治安判事にもなれたのである。

事件は今日の「松川事件」のように、イギリスがはじめて経験する大衆運動を伴った裁判だった。まさかこんなことになるとは思わず、市井《しせい》の小事件を扱うようなつもりで取りかかったのが、フィルディングの手落ちであるが、彼はその後遅ればせながら、エリザベスをおどしたり、すかしたりしながら、厳重に取り調べている。彼は文学者だったが、新聞記事や裁判記録を読んで、意見を形成したのではなく、エリザベスを直接取り調べて、無罪を確信したのである。

「彼女は私がこれまでに見た中で、一番単純な女といえましょう。もしあれが悪者だったとすると、私は辛すぎます。私はエリザベス・キャニングが、貧乏で堅気で無実な娘だと確信しています」

表現は人間的だが、治安判事としての彼は、二十八時間ぶっ通しで、悪党を取り調べることが出来た。自分で着物を破いて強姦されました、と訴え出るインチキ女を、それまでに何人も手がけているのである。

文学においても、彼の小説の真価は健康な笑いとか自由な文体とかいう枝葉末節にあるのではなく、証拠に基づかずには推理しないという法律家の精神から生れたリアリズムにある、と私は思っている。

# あとがき

ここに集めた十三篇の裁判物語は、一九五六年から六二年の間に、「小説新潮」「オール讀物」などに発表したものです。「松川事件」「八海《やかい》事件」が高裁、最高裁の間で「上告」「差戻し」をくり返していた頃です。私はむろん裁判は素人で、半分勉強のために書いたものです。

その大部分のもととなったのは戦争中に神戸の古本屋で買ったエリザベス・ヴィリヤーズ『謎の事件』Elizabeth Villiers : Riddle of Crime, London, J. Werner Laurie, 1928 という二五〇ページぐらいの小冊子でした。イギリスの有名な謎の事件十四を短い物語にまとめたもので、裁判となった事件ではみな被告人が無罪となります。

「小説新潮」などから読物を求められた時、これら謎の事件に、私なりの解釈を与えて、推理小説に仕立ててみました。「春の夜の出来事」「驟雨《しゅうう》」などがそれですが、しかしそんな因縁からヴィリヤーズ女史の本を再読するうちに、謎の解決よりは、被告人が無罪とされて行く裁判の過程に興味を惹《ひ》かれるようになりました。

そこに書かれているのは、イギリスの裁判で、つまり陪審制ですから、日本とは事情が大分ちがいます。しかしやはり裁判にはちがいないので、多少読者に縁遠くなるという犠牲を払っても、小説ではなく、裁判そのものを紹介する方が、意味があると思うようになりました。

ヴィリヤーズ女史はどういう人かわからないのですが、とにかく被疑者に対して女性らしい思いやりがあるのは、その語り方で察せられます。「無罪」のアデライデ・バートレット、「黒い眼の男」のマドレーヌ・スミスは、あるいは有罪だったのかもしれないので、むしろ誤判の例として引用される場合が多いようです。(コリン・ウイルソンの『殺人百科』〈一九六一年〉によると、彼女が無罪釈放された時、有名な外科医は「科学の見地からアデライデがどうして夫にクロロホルムを飲ませたか、教えてもらいたいもんだ」といったそうです)しかし女史は一貫して、疑わしき者が罰せられなかったのをよろこんでいます。

陪審制一般について、私見を述べる場所ではなく、またその資格もありませんが、これらの物語を読むと、十二人の市民が有罪無罪と決定するシステムが、少なくともイギリスでは、なかなかうまく運用されていると感じられます。

「よい」だけではなく、「面白い」ものであるのは、E・S・ガードナーのファンの方々には明白であろうと思いますが、なによりも「真実のすべて」が法廷に出るという原則は、有罪になるにせよ、無罪になるにせよ、当事者にとっても、人民にとってもよいことだと思われます。

判事や検事の専門家意識、司法権力を行使するという強権意識、その職能から来る処罰欲は、人民の平安にとって危険です。陪審制はそれを適度に緩和すると思われます。日本でも戦前被告人が選択出来るという形で、試行的に取り入れられたことがありますが、公判は予審判事が予《あらかじ》め作成した調書に基づいて行われるし、評決が気に入らなければ、裁判長はやり直しを命じることができたので、まったくのナンセンスでした。

無論陪審制にもマイナスの面はあります。陪審員は感情に動かされ易い。審理を理解出来なかった人も一票の力を行使する。評議は機械的になり勝ちで、結局は裁判長の「説示」に依存する、などなど。

殊にアメリカでは、ガードナーの諸作や、ロバート・トレイヴァー「ある殺人事件の解剖」(邦訳一九五八年、東京創元社刊『錯乱』)の例で見られるように、被告人の利害をはなれて、検事と弁護人の一騎打の形になり勝ちのようです。また弁護士は高い報酬を取るから、貧乏人は利益にあずかることができない。誤判も当然起るのですが、控訴でひっくり返ることは、実際にはないそうですから、現代日本の三段階審理の方が、いくら長くかかっても、結局被告側に有利だと説く人もいます。

しかし陪審制を採用していない国でも、大抵参審制を採用しています。つまり裁判長は専門家だが、左右陪席は民間の学識経験のある者より選ばれる。人民が全く参加せずに公判が行われるのは、先進国では日本だけだそうです。

小説家の裁判への興味は結局事実の認定に係わるものです。たまたまオスカー・ワイルドの裁判記録を買ったら、その出版社であるエジンバラのホッジ William Hodge が、マリ・ステュアート以来七十数件の著名事件の法廷記録を出版していることを知りました。いずれも犯罪学者や法律学者の解説がついていて、解説だけを集めたものが、ペンギン叢書《そうしょ》で、「著名事件」シリーズ Famous trials として、現在第五冊まで出ています。邦訳もありますから、興味のある方は一読をすすめます。（日本評論社刊、一九六一—六二年）

本書中「不充分な動機」（ラトンバーリとストーナー）、「誤判」（フロレンス・メイブリック）はそれにより、「黒い眼の男」（マドレーヌ・スミス）も参照してあります。

「サッコとヴァンゼッティ」はアメリカの犯罪学者ジェイムス・サンドーの編著『殺

人、その真実と虚構』James Sandoe : Murder, plain and fanciful, New York, Sheridan House, 1948 の中、フェリックス・フランクフルター Felix Frankfurter の批判に拠りました。

これはアメリカの陪審の私刑的性格が露呈された有名な事件で、戦後のロザンバーク事件以来、特によく引用されます。イザベル・レイトンの編著『アスピリン・エイジ』(一九四九年。木下秀夫訳、岩波書店刊、一九五一年)に、新聞記者フィル・ストングの報告が収録されていますが、最近の研究に基づいた守川正道『サッコ・ヴァンゼッティ事件』(一九七七年、三一書房刊)が出ています。一九七一年「死刑台のメロディ」としてイタリアで映画化されました。

フランクフルターは後の最高裁判所判事ですが、一九二七年当時はハーヴァード大学の法学部教授で、論文は処刑の五カ月前に書かれたものです。当時の田中最高裁長官の許容されるアカデミックな裁判批判に当るわけですが、いくら大学教授でも、裁判の公正と人命に関する限り、作家と同じくらい熱っぽく攻撃的になることの例として、田中長官の裁判批判の批判への反証として提出したものでした。原文は一〇〇ページ以上ありますが、あまり専門的になる細部は省略してあります。

処刑五〇年目の一九七七年、アメリカは遂に誤判を認めました。七月十九日、マサチューセッツ州知事は、サッコとヴァンゼッティの無罪を宣言し、両人及びその子孫の名誉及び市民権を恢復《かいふく》しました。処刑日の八月二十三日を記念日とし、行事を行うことを決定しました。コネティカット州ハートフォード市が同調しましたが、さてその八月二十三日が来ると、退役軍人会がブロックトンの被害者たちの墓に詣《もう》でる動きもあり、事態は単純ではありません。

「シェイクスピア・ミステリ」は少し題材が違います。昔から議論の多い「シェイクスピアは何者か」という文学上の問題に関するものですが、最近の文学研究、殊に伝記研究は、警察の捜査活動に似て来ていることを示しています。

マーロー殺害の真相に関する部分は、前記サンドーの編著中、レスリー・ハトスン「殺害犯人を追って」J. Leslie Hotson : Tracking down a murderer により、シェイクスピア＝マーロー同一人説については、カルヴィン・ホフマン『シェイクスピアであった男の殺人』Calvin Hoffman : The murder of the man who was Shakespeare, New York, Julian Messner, 1955によりました。

「エリザベスの謎」にも小説家ヘンリイ・フィルディングがからんでいます。ヴィリヤーズ女史の本も取り上げていますが、アメリカのイギリス文学者リリアン・デ・ラ・トアが書いた詳細な研究『消えたエリザベス』Lillian de la Torre : Elizabeth is missing, 1945 があり、平井呈一氏の邦訳が一九五八年に東京創元社から出たので、主にその方によっています。平井氏の訳文をそのまま拝借したところが多いので、特に記して謝意を表します。

前述のようにこれらはみな「読物」として書かれたものでした。しかし英米裁判の事実に即しすぎて、あまり面白い読物にはなりませんでした。従ってこれらを載せてくれた「小説新潮」「オール讀物」の編集部にこの機会に感謝したい気持があります。大抵は雑誌に発表したままですが、「扉のかげの男」は全部を書き直し、「サッコとヴァンゼッティ」は約一五ページ書き足しました。なお「サッコとヴァンゼッティ」までの十一篇は、一九六〇年に『扉のかげの男』の書名で出ていますが、こんどその後に書いた「長い歯を持った男」「エリザベスの謎」の二篇を加え、『無罪』を書名に選びました。

法律用語については、専門家に問い合せて誤用のないように気をつけましたが、英米法には訳語のきまっていないものがあり、自己流に訳したものもあります。思わぬ間違いがあるにちがいないので、大方の御叱正《しっせい》を期待します。

（一九七八年四月）

# ［解説］犯罪とは何か、それを裁く裁判とは何か

湯川　豊

推理小説には、なにがしか遊びの要素がある。その遊びが推理小説を楽しくしているのはいうまでもないことで、だから文学としては不純であるとか、二次的なものであるというような方向へ議論をもっていくのは、つまらないことである。

大岡昇平は、自ら少なくはない数の推理小説や裁判小説を書いているが、その小説ジャンルのなかにある、一種の遊びを明敏に意識していた。

自分が興味をいだく対象を、徹底的に考えつめないではいられないのが、彼の気質の中心にあった。したがって、小説作品ばかりでなく、何篇かの推理小説論、裁判小説論を書いている。そして、たとえば『常識的文学論』のなかの「推理小説論」でいっている。

《……顧みれば、物心ついてから、推理小説を読んでつぶしてしまった時間は、酒を飲んで空費したそれと、ほぼ匹敵しようか。小学生の時、博文館本のアルセーヌ・リュパンやシャロック・ホームズに感激して以来だから、もはや四十年推理小説を読んでいるわけである。これは私の道楽の中で、一番長続きのしているものである。》

酒を飲んで空費した時間を引きあいに出し、また道楽という言葉を使っている。思うに大岡は、推理小説のなかにある遊びの要素を、文学の可能性としてでなく、限界と考えているらしい。かといって、そういう推理小説を否定しようとしているのでは、まったくない。なにしろ「私の道楽の中で、一番長続き」しているもの、というのである。そして、推理小説を文学全体の流れのなかで位置づけてみせるエッセイを書いているあたり、尽きない知的好奇心を文学的な武器としたこの作家らしい、といえるだろう。

文学全体の流れのなかで推理小説を考察しているのは「推理小説ノート」(「文學界」一九六〇年十月号)が最も詳しいと思われる。

そこでは、推理小説には二つの流れがある、という前提から出発する。

一つは、ポーやドイルにはじまる、多分に遊びの要素を入れた謎解きである。そして推理小説を謎解きに限定してしまえば、リアリズムを主軸とする近代小説とは縁がなくなる、と文学的可能性については消極的な評価である。しかし、もう一つ、十八世紀末のゴシック・ノヴェル、さらに古くエリザベス朝の犯罪小説まで入れるとすれば、その系譜はイギリス十八世紀のフィールディング、デフォーに通じ、そこからさらに十九世紀のリアリズム小説、たとえば、巨大なディケンズにもつながる流れになる、というのだ。

また、遊びの要素が濃厚なドイルのホームズものは、ヴィクトリア朝末期の倦怠から生れたもの、と背後の時代相を正確に見ている。そこでは推理小説は智慧の戯れ（私のいう遊び）となり、時代が生みだしたホワイト・カラーの愛好物になった。

《教授や俸給生活者も読むという理由によって、感傷小説やメロドラマより尊敬されるけれど、大衆の夢と希望を直接反映しないから、永い間日本の直木賞の対象になれなかった。》

という大岡流の皮肉の利いた発言までとび出している。

しかし、「推理小説ノート」の文学史的見通しのなかで見過せないことがある。ポー、ドイルの知的な遊び、フィールディング等につながるゴシック・ノヴェル、この二つの流れのほかに、もう一つ、裁判物語の流れがある、という指摘だ。

二十世紀のペリイ・メイスンにつながる裁判物語というものが古くから各国にあっ

て、たとえばわが国の大岡政談もその一つ。大岡政談は、統治者の智慧を誇示するために書かれたもので、日本では順当な発展を見なかったけれど、欧米では裁判物語から多数の読者をもつ裁判小説が生れた。小説だけではない。裁判記録のノンフィクションもけっこう出版されているようだ。

ところで、大岡昇平の短篇集『無罪』は、裁判ものの一つである。主としてイギリスの実際にあった犯罪とそれを裁く裁判の小説風な記録である（「シェイクスピア・ミステリ」のような例外もあるが）。「無罪」から「サッコとヴァンゼッティ」までの十一篇は、『扉のかげの男』として一九六〇年に刊行され、現在の形に増補された『無罪』は七八年に刊行された。

「あとがき」に、淡々と本の成り立ちが語られている。

戦時中に神戸の古本屋でエリザベス・ヴィリヤーズ『謎の事件』（一九二八年刊）の原書を買った。イギリスの有名な十四件の謎の事件を短い物語にまとめた実録である。そしてここで扱われた裁判では、被告人がみな無罪になっているのが特色だった。

小説雑誌から読物をもとめられたとき、そこにあった謎の事件に自分なりの解釈を与えて推理小説に仕立てた。日本を舞台にして書き換えられた「春の夜の出来事」

「驟雨」などがそれである。しかし、その折にヴィリヤーズの本を再読するうちに、ここに書かれている裁判そのものを紹介するほうが意味があるのではないか、と思うようになった。「無罪」以下の短篇の出所はヴィリヤーズの本が主体で、他にペンギン叢書の「著名事件」シリーズから取ったものもある(「不十分な動機」「誤判」)、というのである。

再度いうけれど、ヴィリヤーズが扱っているのは無罪になった事件ばかりである。本文中にしばしば言及されているように、イギリスは事件を捜査する警察と、事件をさばく裁判が最も進んでいる国であり、裁判では「疑わしきは罰せず」という法諺《ほうげん》が有効に生きている、という伝統がある。

法諺というのは、法の性質や運用についての格言であり、どこかに典拠となる成文法があるというのではないようだ。それはともかくとして、「疑わしきは罰せず」の事例集は、結果的に人間の犯す犯罪とは何か、それを裁く裁判とは何かのサンプルとして、まことに興味が尽きない。とりわけ扱われている事件は、人間の生き方の意外性があたりまえのように現われているのが目をひく。そういう奇異な事件を語るとき、大岡の贅言《ぜいげん》を弄《ろう》さない簡潔な文章も、必要なことのみを正確に伝えて、中身にふさわしいものになっている。そういう文章が、不思議としかいいようのない人間劇を描き出すのである。

たとえば冒頭に置かれた「無罪」の、ただならぬ人間関係をもう一度想い起こしてみよう。ロンドンに数多くの支店をもつ、食料店主のエドウィン・バートレット、年も四十に近い男が、たまたまある家の晩餐に招《よ》ばれて、十七歳の女子学生に会った。アデライデは、両親が離婚し、ベルギーの寄宿女学校に入れられている。

奇怪なのは、ベルギーから来た美少女に魅せられた分別ざかりの男が、その場で(会って二時間後に、とある)十七歳の女子学生に求婚したことである。さらに奇怪なのは、「小遣いに困らぬ身分になれる」と考えた少女がこの申し出を受け入れたことである。二人は五日後に結婚し、教会の出口で別れた。アデライデがベルギーの学校に帰らなければならなかったからだ。

それから幾年かの時が流れた。ただしバートレットとアデライデは、ふつうの夫婦関係にはなっていなかったらしい。そして、そんな二人の前に、ダイスンという美男の牧師が現われた。「美しい眼をした」青年は、前途有望な牧師として評判も高かった。

バートレットはこのダイスン牧師が気に入って、しきりに家へ招いた。妻にラテン語と数学を教えてくれと依頼し、牧師は週に三回、バートレット家を訪れることになった。そして容易に予想できるように、アデライデとダイスンは愛しあう仲になる。実事《じつじ》があったかどうか記録は告げていないが、どちらにしてもバートレットは妻がダイスン牧師とつきあうのを認めていた。

アデライデと離れられなくなったダイスンが「気が狂いそうです」とバートレットに訴えると、彼は、気にすることはない、寿命がもう長くはない自分が死んだら、アデライデと結婚すればいいじゃないか、「わたしはあの世から、お目出度うと申しますよ」と答えてみせる始末。その真意がどこにあったのか、よくわからない。さらにいうと、若い二人の恋愛関係を見ることで、妻への性的欲望が刺戟されているようでもある。まさに奇怪な人間たちとその関係なのである。

結果はどうなったか。アデライデは町の薬局でクロロホルムを買いあさり（ダイスン牧師にも買わせ）、バートレットはクロロホルムを呑んで死んだ。一見明白な因果関係に見えるが、サー・クラークという有能な弁護士の活躍もあって、陪審員（十二名）は「無罪」の判決を下すのである。裁判で美男のダイスン牧師がわが身の保全のためにアデライデに不利な証言をしつづける、というおまけのような裏切り話までついて、この事件の異様さはいよいよきわ立っている。しかし、クロロホルムが、いかにして、また誰によって被害者に与えられたか、立証できない以上、「無罪」は正しい判定と考えることができる、と大岡は書きつけている。

なお、一八八五年の大晦日に起ったこの事件は、クロロホルムが殺人に用いられた最初のものだった由。本書でも何度か出てくる砒素とともに、懐かしい感じがするのは、イギリスの推理小説によって私たちに親しいものになっているからだろう。

さて、その砒素が裁判の大きな主題になるのは、「誤判」という一篇である。リヴァプールの綿花輸入商、ジェイムス・メイブリックと、その妻フロレンスの事件を扱った「誤判」では、砒素が毒薬として使われている。これまた推理小説を通して親しい毒物であるけれど、私は「誤判」で奇妙なことを知ることができた。

《前世紀（注・十九世紀）の終り、砒素が男女共化粧に用いられたことについては、少し説明を要する。誰が言い出したのかあきらかではないが、十八世紀の中頃からこの劇薬の適量を飲むことは、顔の艶をよくし、眼の輝きを増すと信じられていた。気分を爽快にし、精神を鎮めるから、山登りをする男子にも、有効であると書いた本もある。》

驚くほかない「科学」であるが、この劇薬の魔術的効果に対する信仰は、一九一〇年頃まで存続していたという。「誤判」の事件では、砒素を買いあさっていたフロレンスは有罪となり、その後特赦がくりかえされて、一九〇四年に釈放されている。

ところでイギリスやアメリカの裁判は、陪審員制度である。一般国民から一定の手続きを経て選定された者が有罪無罪の判定を下す。日本も陪審員制を徐々に取りいれようとしているけれども、裁判の根本にある思想が、英米と日本では大きく違うというべきだろう。お上《かみ》が国民の誰彼をさばく、お上は正しい、というのが日本の制度の根本にある。

陪審員制で、では裁判官（判事）は何をしているか、司会進行役なのか、というとそうではない。さまざまな役割を果たすなかでも、検察側と弁護側の攻防戦が終ったところで、陪審員に対しとくに留意すべき事実関係をまとめて語る説示《せつじ》というものがあり、ときにはこれが大きな役割を果たすことがある。裁判長の説示は、法律にはシロウトの陪審員にとって説得力があるし、これは判決が感情に流れるのを牽制する防壁にもなるのだと思われる。

判事の説示も含めて、検事、弁護士の攻防などに見る法廷のありよう、また陪審員の役割などが手に取るようにわかる裁判小説を、大岡昇平はかつて推奨、紹介したことがある。アメリカ人作家ロバート・トレイヴァーの『裁判』がそれである。

原題は『ある殺人事件の解剖』というもので、一九五八年に出版され、アメリカでは上半期のベストセラーになった。日本では、最初『錯乱』というタイトルで、後に『裁判』と改題して創元推理文庫に入っている（一九七八年刊）。

大岡は、これは「私の裁判好きを十二分に堪能させてくれた本」といい、「どんでん返しが用意されている巧みさに驚嘆した」と讃辞をおくっている。

原著者のロバート・トレイヴァーは、ミシガン州の地方検事を十四年の長きにわたって勤めた後、州最高裁判事に就任。経歴からいっても、法律の知識と経験が小説のなかでみごとに生かされている、と大岡は感服している。そして、自身の長篇裁判小説『事件』の前身『若草物語』を新聞に連載したとき（一九六一―六二年）、モデルになったのはこの本だったと率直に打ち明けているのである。

ところで、ロバート・トレイヴァーは私自身とも奇妙に縁がある。いや、縁というほどおおげさなものじゃないけれど、トレイヴァーは熱狂的なフライ・フィッシャーマンなのである。そして、私もまた。

『裁判』の主人公で弁護士であるポール・ビーグラーは、なにかというとロッドを手にして近くの川に出かける。しかしよく出かけるわりには釣りの詳細はほとんど語られなかったから、創元推理文庫で『裁判』を読んだとき、へんな弁護士がいるものだ、アッパー・ペニンスラというのはそんな地方なのかと思うにとどまったのである。

だいぶ後になって、ロバート・トレイヴァーの『ある釣り師の解剖』という写真文集を手にしたとき、ジョン・ウェインのそっくりさんみたいなトレイヴァーが、あの『裁判』の書き手であったのを（ようやく）知ったのだった。編集者として、あるいは一人の読書人として、ずいぶんとうかつで、間が抜けていたと、自らを笑わざるを得ない。

やがて、トレイヴァーの二冊の鱒釣り（フライ・フィッシング）のエッセイ集、『トラウト・マッドネス（鱒狂い）』『トラウト・マジック（鱒の魔法）』が私の愛読書になったのだったが、編集者として親しくつきあっていただいた大岡さんには、そのことを語らずじまいだった。あまりにもってまわったような因縁だったのと、自分の釣りへの熱中をそうでない人に語るのが億劫だったからであろう。

横道にそれた話を、最後にもう一度、『無罪』に戻さなければならない。

この本のなかに、異色の二篇がある。ひとつは「シェイクスピア・ミステリー」である。アメリカのカルヴィン・ホフマンという芝居好きが唱えたシェイクスピア実はクリストファー・マーロー説に、大岡昇平が予想外にていねいにつきあっているのに驚いた。何事につけても、推理によって真相に近づくということが、この作家は好きなのだ、と改めて思った。

もう一篇は、アメリカのイデオロギー的誤審事件ともいうべき、「サッコとヴァンゼッティ」。支配者の権力行使につねに警戒しつづけた大岡なら当然取りあげたくなる事件だった、といえるだろう。

そのような事件が入っているのを、私は興味深く思っているが、それ以上に楽しいのは、各篇にふと顔を出してくる、大岡昇平流ともいうべき、皮肉だけれど真実を衝いているような文章である。たとえば——

《解釈はしかしあくまでも解釈であり、事実と関係はないとも言える。ただ遂に疑わしきを罰しなかった裁判は賞讃されてよい。妻の証言がこれほど有力だったのは、決定が十二人の素人に委ねられたからである。》（「妻の証言」）

《たしかなのは、ジョンの狂った自白のため、三つの無実の生命が失われたということである。それが政治の遠い影響であったにせよなかったにせよ、裁判長は自白だけに基づいて、断罪してはならなかったのだ。その上事案には罪体（この場合死体）がない。》（「狂った自白」）

右の二つの例は、裁判というものに対する、大岡昇平の基本的視点を語っている文章でもある。置かれた文脈のなかで考えると、そのことはさらに明らかになる。

もう一例、最後に置かれた「エリザベスの謎」でリチャードスンの書簡体小説『パメラ』を評した次のような一節がある。

《……「トム・ジョーンズ」と並んで、イギリス近代小説、いや、世界最初のブルジョア小説として、名前だけは文学史に残っている。（もっとも当時の女中さんは、エリザベス同様自分の名前の頭文字が書けるだけでもいい方だったから、この小説を読むのは主に若旦那の方で、女中誘惑術の教科書の役割を果したただけだったが、とにかく文学史ではそうなっているのである）》（「エリザベスの謎」）

カッコ内の皮肉のおかしさ。まさに大岡流で、つい笑ってしまった。

（ゆかわ・ゆたか／文芸評論家）

小学館文庫
好評既刊

**石巻赤十字病院の100日間【増補版】**
石巻赤十字病院・由井りょう子
傷病者で溢れるロビー、底をつく食料・医薬品、不眠不休のスタッフ…そのとき病院は最前線の野戦病院と化した。

**あたしの一生**
ディー・レディー／著　江國香織／訳
猫のダルシーの視点で語られる、「あたし」と「あたしの人間」の17年間にわたる愛と感動の物語。待望の文庫化！

**ホーリー・カウ**
デイヴィッド・ドゥカヴニー／著　菊池由美／訳
主人公はお年頃の雌牛！　農場で平和に暮らす彼女が自分の運命を知って、豚・七面鳥とともに国外脱出を図る。

**あやしい彼女**
豊田美加
心はそのまま、容姿だけ20歳に若返った老婆が「青春」を謳歌する中で見つけたものとは…大ヒット映画の小説版。

**AFTER　4**
アナ・トッド／著　飯原裕美／訳
欧米で10億人獲得の恋愛小説1stシーズンついに完結。危険すぎる恋に、このままでは終われない衝撃の結末が…。

**愛について、なお語るべきこと　上**
片山恭一
近未来で生き残った十代の男女と、消えた息子を捜しにタイを訪れる作家、二つの物語が響き合う圧巻の小説世界。

# 小学館文庫 好評既刊

## 愛について、なお語るべきこと 下
片山恭一

山中で暮らす主人公は都市の廃墟に戻り、タイで息子を探す作家は謎の美女と出会い、別々の物語が共振し始める。

## 卒業するわたしたち
加藤千恵

後輩に告白できずに卒業する少女、名ではなく「あなた」と呼んで夫を卒業する妻ほか人生の卒業の瞬間を描く13編。

## サッカーデイズ
杉江由次

娘の入団したサッカーチームのコーチになってしまった父親の、泣きたくなるほど愛おしい日常を綴るエッセイ。

## 逆説の日本史 別巻5 英雄と歴史の道
井沢元彦

「家康が真田の大坂入城を黙認した真意」ほか信長、光秀から龍馬、芭蕉まで英雄44人の「時代を動かした道」を講義。

## バスを待って
石田 千

老若男女、東京のバスに乗る人々の、日常の物語を芥川賞候補作家が描く。人情味に溢れ、元気を回復する20編。

## 五峰の鷹
安部龍太郎

戦国時代、国を奪われながら戦の鍵を握る鉄砲を商いお家再興を目指す若き武将を通し、時代が動く原動力を描く。

―本書のプロフィール―

本書は、一九八二年に新潮文庫として刊行されたものです。再文庫化にあたり、筑摩書房版『大岡昇平全集』第五巻（一九九五年刊）を底本としました。

小学館文庫

# 無　罪

著者　大岡昇平《おおおかしょうへい》

二〇一六年四月十一日　初版第一刷発行

発行人　菅原朝也
発行所　株式会社　小学館
〒一〇一-八〇〇一
東京都千代田区一ツ橋二-三-一
電話　編集〇三-三二三〇-五七二〇
販売〇三-五二八一-三五五五
印刷所――凸版印刷株式会社



ISBN978-4-09-406285-4